STORI'R IAITH

Cyhoeddwyd yng Nghymru yn 2025 gan Sebra, un o frandiau Atebol,
Adeiladau'r Fagwyr, Llanfihangel Genau'r Glyn, Aberystwyth, Ceredigion SY24 5AQ.

ISBN: 978-1-83539-018-4

Dyluniwyd gan Rebecca Ingleby Davies
Golygwyd gan Ceri Wyn Jones
Ffotograffau gan Rhiannon Holland, Mefus Photography

Prawfddarllenwyd gan Adran Olygyddol Cyngor Llyfrau Cymru

Am fanylion hawlfreintiau gweddill y lluniau sy'n cael eu hatgynhyrchu
yn y gyfrol hon, gw. t. 168

Cyhoeddwyd gyda chymorth ariannol Cyngor Llyfrau Cymru

Cyhoeddwyd mewn cydweithrediad â Rondo

sebra.cymru

STORI'R IAITH

GOLYGYDD

CERI WYN JONES

sebra

DIOLCHIADAU

Cyfres deledu Rondo *Stori'r Iaith* (S4C) a ysbrydolodd y gyfrol hon ac rydym yn ddiolchgar am eu cefnogaeth i'r syniad o'r cychwyn. Yn yr un modd, rydym am ddiolch i'r holl gyfranwyr am eu parodrwydd a'u harbenigedd, ac am eu hymrwymiad i'r prosiect. Rydym yn ddyledus yn ogystal i'r unigolion a'r sefydliadau sydd wedi caniatáu i ni ddefnyddio delweddau o'u heiddo i gyfoethogi'r gyfrol, i Rhiannon Holland, Mefus Photography am dynnu lluniau mor ardderchog o'r newydd ac i Rebecca Ingleby Davies am ei gwaith dylunio celfydd. Diolch hefyd i Alaw Mai Edwards am ei gweledigaeth ar gyfer y gyfrol; etifeddu'r weledigaeth honno a wnes i ar wahoddiad Sebra a bu hynny'n fraint. Braint hefyd oedd elwa ar brofiad golygu testun Huw Meirion Edwards. Yn bersonol, serch hynny, mae fy niolch pennaf i Gwennan Evans, Golygydd Creadigol a Rheolwr Rhaglen Gyhoeddi Sebra, am siapio'r weledigaeth mewn modd mor ymarferol, gan ysgwyddo cymaint o ddyletswyddau golygyddol ar hyd y daith mewn modd mor broffesiynol a chefnogol.

Ceri Wyn Jones

CYNNWYS

Ceri Wyn Jones

RHAGAIR

'Wha' you speakin' Welsh for?'

Dyna'r cwestiwn a ofynnwyd i Catrin Heledd ar goridor yr ysgol slawer dydd. Roedd ganddi ateb parod. Ond, ar y pryd, roedd hi – fel cymaint ohonon ni – yn amharod i'w fentro.

Yn ôl Dafydd Iwan, dim ond ffŵl sy'n gofyn cwestiynau fel hyn. Ond a yw hynny'n golygu ei fod e'n gwestiwn ffôl?

Os mai Cymraeg yw iaith eich aelwyd, iaith y sawl sy'n eich magu chi, mae'n naturiol mai'r Gymraeg fydd hefyd eich iaith chi. Buasai'n gwestiwn ffôl i'w ofyn wedyn. (Wedi dweud hynny, buodd adeg pan oedd llawer iawn o rieni Cymraeg yn dewis magu eu plant – neu addysgu eu plant, o leia – trwy gyfrwng y Saesneg. Pa rym oedd i'r gair 'naturiol' wedyn?)

Ond, os oes dwy iaith ar yr aelwyd, pam dewis y Gymraeg dros y Saesneg? Neu os nad yw Cymraeg yn un o ieithoedd yr aelwyd o gwbwl, pam ei dewis hi wedyn? Oherwydd, erbyn hyn, mae canran uwch nag erioed o'r sawl sy'n medru'r Gymraeg yn rhai sydd wedi dewis y Gymraeg o'u gwirfodd yn hytrach nag wedi ei hetifeddu'n oddefol. Nid 'A chawsom iaith, er na cheisiem hi', chwedl Gerallt Lloyd Owen, yw eu profiad nhw.

Efallai, felly, fod 'Wha' you speakin' Welsh for?' yn gwestiwn mwy athronyddol nag a fwriadwyd gan fwli ysgol Catrin, bendith arno, oherwydd mae'n ein gorfodi ni i ystyried beth yw cymhelliant unrhyw un i siarad Cymraeg, i dderbyn fod gan bobol resymau gwahanol dros ei siarad hi ac i gydnabod ei bod hi, yn fwy nag erioed yn ei hanes, yn golygu gwahanol bethau i wahanol bobol. A stori'r cymhelliant hwnnw, y rhesymau hynny, y pethau hynny, yw stori'r iaith yn y bôn; stori y mae ei siaradwyr yn hoff o'i hadrodd ond stori sydd fel pe bai hi'n newid bob tro mae'n cael ei hadrodd, gan ddibynnu ar bwy sy'n ei hadrodd.

Mae stori'r iaith yn y gyfrol hon yn cael ei hadrodd gan 17 o leisiau gwahanol, naw ohonyn nhw'n cymryd eu tro i fwrw golwg arbenigol a chronolegol ar gyfnod neu agwedd benodol o hanes yr iaith. Cawn ddechrau o'r dechrau'n deg gan olrhain y Gymraeg yn ôl i'w gwreiddiau Indo-Ewropeaidd rhyw 6,500 o flynyddoedd 'nôl. Cawn orffen trwy bwyso a mesur y modd y mae'r Gymraeg yn para'n 'iaith fyw, ddeinamig' yn oes y cyfryngau digidol. A rhwng y ddau begwn hyn, cawn glywed sôn am yr enwau mawr cyfarwydd (fel yr Arglwydd Rhys, Llywelyn ap Gruffudd, Dafydd ap Gwilym, Owain Glyndŵr, William Morgan, Griffith Jones, Iolo Morganwg, Cranogwen, O. M. Edwards, Saunders Lewis a Gwynfor Evans) a'r digwyddiadau mawr cyfarwydd (fel y Dadeni, Deddf Uno 1536, y Diwygiadau Protestannaidd a Methodistaidd, y Chwyldro Diwydiannol, Brad y Llyfrau Gleision, y Rhyfeloedd Byd, Tryweryn, yr Arwisgiad a Datganoli). Cawn gip hefyd ar yr enwau a'r digwyddiadau mawr a fydd yn llai adnabyddus i rai darllenwyr, efallai, ond sydd â'u cyfraniad yn ddigamsyniol i ddatblygiadau yn hanes y Gymraeg a'i pharhad. Ond mae wyth llais arall hefyd, lleisiau sy'n ein hatgoffa mai stori'r bobol yw stori'r iaith. Mae'r rhain yn ffigurau amlwg yn ein diwylliant poblogaidd, yn gyflwynwyr, comedïwyr a cherddorion trwy'r trwch, ac yn dwyn elfen fwy personol i'r drafodaeth wrth iddyn nhw ystyried pwysigrwydd y Gymraeg yn eu bywydau nhw ac ym meysydd eu diddordeb.

Mae'n hoes ni yn un sy'n ein hannog i rannu profiad personol o hyd. Ac wrth i mi edrych 'nôl ar yr hanner can mlynedd a aeth heibio, mae'n hawdd gweld sut mae fy mhrofiadau a'm canfyddiadau i o'r Gymraeg wedi newid. Pan oeddwn i'n grwt yn tyfu lan yn ardal gogledd Sir Benfro a godre Ceredigion yn y 1970au, roedd gen i syniad absoliwt o shwt beth oedd y Cymro Cymraeg Da a Chymraes Gymraeg Dda. Roedden nhw'n bobol y Capel a'r Pethe (a'r dafarn, o bryd i'w gilydd). Roedden nhw'n aelodau o gymdeithasau (ac o bwyllgorau). Roedden nhw'n ymwybodol o bwysigrwydd y calendr amaethyddol. Roedden nhw'n barchus ac yn barchus iawn o'r gymuned ac yn ofni pechu'r gymuned honno yn fwy nag un peth arall dan haul. Roedden nhw'n gosod bri mawr ar lwyddiant yn gyffredinol a llwyddiant academaidd yn arbennig. Doedden nhw ddim yn Nashis (gydag eithriadau). Roedden nhw wedi dod i hen arfer â'r ffaith fod y Gymraeg yn eilradd i'r Saesneg, yn enwedig mewn cyd-destunau cyhoeddus, proffesiynol a masnachol. Roedden nhw'n disgwyl i'w plant ymserchu yn yr un pethau â nhw. Roedden nhw siadyn yn feirniadol o unrhyw un nad oedden nhw'r un peth â nhw eu hunain – ac roedd yn gas ganddyn nhw hipis! A 'chi' oedden nhw i gyd. (Ar ben hynny, hyd y gwelwn i, dim ond y Gymraes Gymraeg a fedrai weithio'r te a'r cacs.)

Roedd mynd i'r coleg yn Aberystwyth ym 1986 a darganfod fod yna Gymry Cymraeg o anian gwahanol iawn yn agoriad llygad, felly. Ar adeg o ferw gwleidyddol, roedd Undeb Myfyrwyr Cymraeg Aberystwyth newydd dorri'n rhydd o'r Undeb Myfyrwyr Cenedlaethol. Protest oedd anadl einioes Neuadd Pantycelyn ar y pryd – bytheirio yn erbyn Thatcher ac yn erbyn y Coleg; galw am Ddeddf Iaith a Deddf Addysg; mynd i blu unrhyw un nad oedd yn cyd-fynd â'u safiadau nhw, yn annifyr felly weithiau. A chael hwyl a hangofyr wrth wneud hynny. Ond, hyd yn oed os oedd rhai ohonyn nhw'n anoddefgar (yn eironig, felly, o gofio'u hymgyrchu brwd yn erbyn anoddefgarwch), yn eu cwmni nhw y des i werthfawrogi'r gormes a fu ar siaradwyr y Gymraeg (ac ar Gymru) a dysgu sut i ymfalchïo yn y Gymraeg (a Chymru) ar lefel bersonol a chyhoeddus. A cheisio troedio ffin amhosib, sef sefyll dros hawliau'r Gymraeg am ei bod hi'n iaith leiafrifol o dan warchae, ond ar yr un pryd ceisio bod yn ddigon hyderus i'w hystyried yn iaith prif lif, nid yn iaith y cyrion, iaith y geto.

Pan es i'n athro Saesneg (*Boo*! *Hiss*! Bradwr!) yn Ysgol Gyfun Ddwyieithog Dyffryn Teifi yn Llandysul ym mis Medi 1990, doedd dim angen troedio ffin. Namyn y llond dwrn lleiaf oll o bynciau, Cymraeg oedd iaith addysg yr ysgol; Cymraeg yn bendifaddau hefyd oedd iaith swyddogol ac iaith weithredol holl weithgareddau ac ymwneud yr ysgol, ar y campws ac oddi ar y campws. Nid hon oedd yr unig ysgol gyfun yn y dalgylch, ond hi oedd yr unig ysgol gyfun Gymraeg – a bu'r frwydr i'w sefydlu yn un hir ac annymunol. Felly, ar sail dewis rhieni y deuai'r disgyblion trwy'r drysau, y mwyafrif ohonyn nhw o aelwydydd lle mai'r Gymraeg oedd y brif iaith, ond nid y cyfan ohonyn nhw, chwaith. Namyn yn ystod fy ngwersi i fy hun, felly, roeddwn i'n gallu byw bywyd proffesiynol (a chymdeithasol) uniaith Gymraeg. Ac roedd yr ymgyrch dros ddatganoli yn codi stêm a'r deunawfed o Fedi, 1997 ar y gorwel. Yn wir, ar ambell brynhawn o haf hirfelyn tesog yn Llandysul, pan oeddwn i'n gallu gweld, fel Ellis Wynne, y pell yn agos a phethau bychain yn fawr, credwn i mi gael cip ar Wlad yr Addewid. (Ocê, efallai ddim.)

Mae'r 1970au, y 1980au a'r 1990au megis ddoe i mi. Ond megis yr oesoedd canol i'r sawl sy'n iau na mi, wrth gwrs; megis yr oesoedd canol hefyd oherwydd mor gyfyng oedd fy mhrofiad (a'm hymwybyddiaeth) o Gymru ac o'r Gymraeg. Wyddwn i ddim ar y pryd nad oedd rhaid i chi fedru adrodd Salm 23 ar eich cof i fod yn un o'r Cymry Cymraeg *go iawn*, na chwaith fedru canu llinell denor 'I bob un sy'n ffyddlon', na bod yn dreiglwr greddfol, na gwybod shwt oedd defnyddio *spraycan*, er pwysiced y pethau hynny, yn eu cyd-destun hanesyddol neu o hyd, wrth gwrs.

Oherwydd, beth sy'n amlwg yw nad oedd ac nad oes y fath beth yn bodoli â Chymry Cymraeg go iawn ('proper Welsh', chwedl pobol y cymoedd). Yn yr un modd ag yn Eisteddfod Genedlaethol Bae Caerdydd yn 2018, a oedd yn ŵyl heb faes traddodiadol a lle nad oedd yn rhaid talu wrth iet i gael mynediad iddi, mae cymaint o ffyrdd gwahanol i ddod at y Gymraeg erbyn hyn. Mae modd pigo i mewn ac allan; mae modd ei defnyddio heb orfod teimlo baich y canrifoedd ar eich ysgwyddau, hyd yn oed os oes rhai yn credu y dylai defnyddwyr y Gymraeg wybod ei hanes, gwybod nad ar chwarae bach y mae hi wedi goroesi cyhyd, bod aberth wedi bod ar ei rhan hi a bod bygythiadau real iawn i'w bodolaeth o hyd. A gwybod hanes y wlad sy'n grud y Gymraeg, hyd yn oed os oes nifer fawr o'i siaradwyr erbyn hyn yn byw tu fas i Gymru, llawer o'r rheini heb fod o dras Cymreig, fel sy'n wir hefyd am nifer gynyddol o siaradwyr Cymraeg yng Nghymru.

Mewn oes lle mae pobol yn hoff o fod yn ddilynwyr ond, ar yr un pryd, yn hoff o ddiogelu'r hawl i fod yn wahanol, mae rhai'n gweld y Gymraeg fel dewis, yn benderfyniad ffordd-o-fyw. Ac os yw'r sawl sy'n dod ar ei thraws hi o'r newydd, neu yn ei hailddarganfod, yn ei gweld hi'n iaith gynhwysol ac yn iaith sy'n allwedd i ddiwylliant byw a bywiog, dylid cofleidio hynny. Yr unig bryder, o gofio am gyd-destun gwleidyddol Cymru ac yn wyneb yr anwybodaeth, y difrawder a'r casineb sy'n rhemp o hyd, yw y bydd angen rhywrai i ofidio amdani, i ofalu amdani a'i hamddiffyn o hyd. Bydd angen hefyd gnewyllyn sylweddol iawn i'w throsglwyddo i'r genhedlaeth nesaf bob tro, rhag ofn fod y sawl sy'n ymserchu ynddi ar wib, megis mewn carwriaeth wyliau, dim ond yn gwneud hynny dros dro.

A phwy a ŵyr na fydd pennod nesaf stori'r Gymraeg yn cynnwys yr ateb yr oedd Catrin Heledd am ei roi i'r bwli a'i holodd pam roedd hi'n siarad Cymraeg? 'Because I want to.'

Llewelyn Hopwood

GWREIDDIAU'R GYMRAEG

Mae gwreiddiau'r Gymraeg ynghlwm wrth wraidd pob iaith. A hyd yn oed wedi i'r gwreiddiau dyfu'n ganghennau ar wahân, mae'r croesbeillio'n parhau'n ddiddiwedd. Heddiw, yng Nghymru, mae'r Gymraeg yn byw law yn llaw â'r Saesneg, Pwyleg, Somalieg, Arabeg, a sawl iaith arall. A thu hwnt i'r ffiniau daearyddol, draw yn y byd digidol, mae'r iaith mewn cyswllt ag ieithoedd di-ri. Ond mae stori'r iaith yn amlieithog hyd yn oed yn ôl yn ei dechreuadau. Mae'r bennod hon yn canolbwyntio ar ddatblygiad y Gymraeg o'r ieithoedd Indo-Ewropeaidd a'r ieithoedd Celtaidd a thrwy gyfnod lle gelwir 'Hen Gymraeg' arni, rhwng tua'r nawfed ganrif a chanol y ddeuddegfed ganrif.

laTumarui : saPsuTai : Pe : uinom : našom
(i Latumaros a Sapsuta: gwin o Naxos)

Nid Cymraeg yw'r testun uchod, ond un o'i pherthnasau hynaf. Dyma Leponteg, hen iaith Geltaidd a siaredid yn ardal Llyn Como yng ngogledd yr Eidal rhwng tua'r chweched ganrif CC a'r gyntaf CC. Mae'n ymddangos yn hollol estron i ni heddiw, a hynny'n rhannol oherwydd yr wyddor Etrwsgaidd a ddefnyddid i'w hysgrifennu ac a ddarllenir o'r dde i'r chwith yn yr achos hwn. Wrth archwilio hanes cynnar y Gymraeg, dyma

---

Arysgrif Ornavasso: yr iaith Leponteg ar lestr gwin (y ganrif gyntaf CC)
Trawsysgrifiad Llewelyn Hopwood

bron iawn y man pellaf yn ôl y gallwn ei gyrchu o ddilyn y dystiolaeth ysgrifenedig sydd wedi goroesi. Mae ieithoedd Celtaidd hynafol eraill yn bodoli hefyd, a'r rheiny i gyd yn rhai a siaredid ar gyfandir Ewrop: Galeg yng Ngâl (Ffrainc hynafol), Celtibereg yn Sbaen a Phortiwgal, a Galateg yn Nhwrci.

Er hyn, mae modd mynd tu hwnt i'r deunydd sydd wedi goroesi, a hynny trwy ddulliau ffilolegol, megis cymharu ieithoedd cyfoes ac ailadeiladu ieithoedd coll. Dyma sy'n mynd â stori'r iaith yn ôl ymhellach ac i'w theulu ieithyddol hynaf ac ehangaf: yr ieithoedd Indo-Ewropeaidd. Mae'r rhain yn ymestyn o Iwerddon i India yn wreiddiol ond hefyd, gydag ymfudo a threfedigaethu modern, i bedwar ban byd. Mae'r Gymraeg felly'n perthyn i ieithoedd mor amrywiol â Hindi, Rwsieg, a Phortiwgaleg, a hefyd Saesneg Awstralia, Ffrangeg Canada a Gwjarati De Affrica.

Man cychwyn stori'r Gymraeg, felly, yw draw ar wastatir Ewrasia yn nwyrain Wcráin a de-orllewin Rwsia lle, rhyw 6,500 o flynyddoedd yn ôl, trigai pobl a alwn heddiw'r llwythau Indo-Ewropeaidd. Ymledodd y bobl hyn i bob cyfeiriad gan fynd â'u hiaith gyda nhw: iaith a drodd yn dafodieithoedd ac yna'n ieithoedd ar wahân. Aeth rhai i'r dwyrain i Bacistan; aeth eraill i'r gogledd i'r Ffindir; aeth rhai i'r de i Roeg; ac aeth eraill i'r gorllewin i ardal Alpau Ewrop. Wrth ddatblygu nodweddion unigryw, trodd tafodiaith yr olaf o'r rhain yn iaith a alwn bellach yn Gelteg.

Gydag ymfudo ac amser, ymrannodd Celteg yn ieithoedd Celtaidd pellach. Fel gyda'r Leponteg uchod, arysgrifau byrion yw'r dystiolaeth gynradd brin sydd gennym o'r ieithoedd hyn: enwau pobl a lleoedd ar y cyfan. Mae ein gwybodaeth o ddiwylliant siaradwyr yr ieithoedd hyn felly'n dibynnu ar dystion allanol o ddiwylliannau Groeg a Rhufain. Y cynharaf yn eu mysg yw Hecataeus o Miletus a Herodotus (tua'r bumed ganrif CC) a chawn hefyd sylwadau gan awduron diweddarach ac enwocach: Xenophon, Platon, Aristotlys a Lifi. Nodant oll i'r 'Celtiaid' hyn fyw mewn hinsawdd galed a'u gwnaeth yn rhyfelwyr gwydn.

'Celtiaid', mewn dyfynodau, ydynt, oherwydd sylwer mai'r awduron Clasurol hyn oedd y cyntaf i ddefnyddio'r term 'Celtiaid' (*Keltoi*) i'w disgrifio nhw a llwythau eraill o bosibl, nid y 'Celtiaid' eu hunain.

Noder hefyd nad oedd cyfeillgarwch awtomatig rhwng siaradwyr un iaith Geltaidd ac un arall ar sail perthynas ieithyddol gan mai dim ond yn y ddeunawfed ganrif y dechreusom ddeall yn iawn eu bod nhw – ac ieithoedd Prydain ac Iwerddon – yn perthyn.

Er y diffyg brawdgarwch naturiol rhwng siaradwyr yr ieithoedd Celtaidd, roedd hi'n amlwg i nifer fod rhyw berthynas yma. Un o'r rheiny oedd yr awdur a'r ymerawdwr Rhufeinig enwog, Iŵl Cesar. Yng nghofnodion ei ymgyrch i oresgyn Gâl, *Commentarii de Bello Gallico* (Sylwebaeth ar y Rhyfel yng Ngâl), mynegodd fod y Galiaid a'r Brythoniaid yn debyg iawn a'u bod yn rhannu iaith.

Yn wir, mae'r agweddau cyffredin rhwng yr ieithoedd Brythonaidd (Cymraeg, Cernyweg, Llydaweg) a Galeg wedi arwain rhai ieithegwyr modern i ddamcaniaethu eu bod yn perthyn yn agos fel cainc 'Galo-Frythonaidd' ar y goeden deuluol Geltaidd.

Ar y llaw arall, cred fwy confensiynol yw mai'r Gymraeg a'r Wyddeleg sydd ar gainc ar wahân: cainc yr 'ieithoedd Celtaidd ynysol'.

Beth bynnag am deipoleg yr ieithoedd Celtaidd a symudiadau cynnar eu siaradwyr dros Ewrop ac i Brydain ac Iwerddon, gwyddom fod trigolion Prydain yn siarad iaith Geltaidd erbyn 325 CC, pan nododd Pytheas o Fassalia ei bodolaeth ar ôl hwylio yno. 'Brythoneg' yw'r enw a rown ar yr iaith hon.

Felly, pan gyrhaeddodd Rhufeiniaid yr ynys yn 43 OC, Brythoneg oedd y brif iaith, heblaw am yr eithafion gogleddol lle siaredid iaith o'r enw Picteg nad ydym yn gwybod llawer amdani. Mae'r dystiolaeth gynradd o'r Frythoneg yn fwy prin fyth. Yn amlach na pheidio, enwau priod mewn testunau Lladin yw'r unig dystiolaeth sydd gennym ohoni.

Ceir enghraifft o'r Frythoneg gudd hon yn arysgrif hynod 'Carreg Sagranus'. Dyma destun o tua'r bumed ganrif sydd bellach yn gorffwys yn Eglwys Sant Tomos, Llandudoch, Sir Benfro. Mae'n nodi:

Lladin: SAGRANI FILI CVNOTAMI
Ogam: SAGRANI MAQI CUNATAMI

Nid Brythoneg yw prif iaith y garreg, ac nid un iaith na hyd yn oed un wyddor sydd yma. Carreg ddwyieithog ydyw. Ar yr wyneb blaen llyfn: Lladin yn yr wyddor Ladin. Ar yr ymyl onglog: Gwyddeleg yn yr wyddor Ogam, sef system ysgrifennu unigryw Wyddelig lle naddir rhiciau ar fin y garreg. Dywed testunau'r ddwy iaith yn union yr un peth: '[dyma garreg] Saeran fab Cuneddaf'. Dim ond y gair 'mab' sy'n wahanol: y *FILI* Lladin a'r *MAQI* Gwyddeleg. Y naill ochr iddo, ceir enwau Brythonig – er, efallai, mai Gwyddeleg yw'r cyntaf – wedi'u haddasu i nodweddion gramadeg Lladin a Hen Wyddeleg.

Un o'r nodweddion gramadeg hynny yw'r cyflyrau enwol, sef lle mae ffurf fel 'Cunotami' yn cynnwys gwybodaeth wahanol i'r ffurf 'Cunotamus'. Mae hyn yn berthnasol gan fod colli'r cyflyrau enwol yn un o brif ddatblygiadau'r Frythoneg. Tua'r chweched ganrif, wrth iddi golli terfyn geiriau ac felly hefyd y cyflyrau enwol yn dilyn newidiadau ieithyddol sylweddol, dyma hi'n troi'n iaith newydd: Hen Gymraeg.

Prif achos y newidiadau ieithyddol hyn oedd y chwyldro cymdeithasol a ddaeth yn sgil ymadawiad y catrodau Rhufeinig o Brydain ar y naill law a dyfodiad y llwythau Eingl-Sacsonaidd ar y llall, a hynny yn y bumed ganrif. Gwasgarwyd y Frythoneg, ciliodd i dde-orllewin, gorllewin a gogledd yr ynys, ac ymrannodd yn ddau is-grŵp: y Gymraeg a'r Gymbrïeg yng Nghymru a'r gogledd, a Chernyweg a Llydaweg yn y de-orllewin ac yn Llydaw, wedi i rai ffoi a chroesi'r dŵr tua'r un ganrif. Er gwaethaf yr ymwahanu, dylid nodi i'r ieithoedd barhau i fod yn debyg iawn i'w gilydd hyd at o leiaf y nawfed ganrif. Er ein bod yn sôn am Hen Gymraeg, Hen Gernyweg a Hen Lydaweg heddiw, mae'n bur debygol na fyddai'r siaradwyr eu hunain wedi ystyried eu hieithoedd yn rhai gwahanol i'w gilydd.

Tua'r chweched ganrif, felly, trafodwn Hen Gymraeg fel iaith wahanol i Frythoneg. Er hyn, nid oes gennym dystiolaeth gynradd o tua dwy ganrif gyntaf ei bywyd. Rhaid aros tan y nawfed ganrif cyn cyfarfod â'r cofnodion

---

Carreg Sagranus
© *Hawlfraint y Goron: CBHC*

cynharaf a oroesodd ohoni. Yn eu mysg, mae arysgrif ysblennydd Carreg Cadfan. Er bod hon yn llechu'n ddirodres mewn cornel dywyll yn Eglwys Sant Cadfan, Tywyn, Sir Feirionnydd, dyma un o drysorau unigryw'r Gymraeg, a hynny yng ngwir ystyr y gair: dyma'r unig enghraifft o arysgrif Gymraeg gynnar, gan mai Lladin a Gwyddeleg yw iaith y mwy na 200 arysgrif gynnar arall sydd yng Nghymru.

Ar bedair ochr y garreg, darllenir y canlynol (o ychwanegu atalnodi a phriflythrennu modern):

Cengrui cimaltedm gu[reic] Adgan, ant erunc du But Marciau.
Cun ben Celen: tricet nitanam.

Mae anghytuno ynghylch beth yn union yw'r llythrennau ar y garreg, heb sôn am yr union ystyr, ond dyma ddarlleniad posibl: 'Mae Ceinrwy, gwraig Addian [yn gorwedd yma] yn agos iawn i Bud (a) Marchiaw. Cun wraig Celyn: erys poen a cholled'. Fel y gwelwyd gyda'r arysgrif Leponteg, mae testun carreg fel arfer yn datgan gwybodaeth blaen yn unig, a hynny'n rhannol oherwydd cyfyngiadau'r cyfrwng. Gyda Charreg Cadfan, fodd bynnag, er bod yr iaith yn gynnil wrth gofnodi enwau pedwar person a gladdwyd yn ei hymyl, efallai rhieni a'u plant, mae naws ddirdynnol i'r geiriau clo.

Tua'r un pryd ag y naddwyd y Gymraeg ar Garreg Cadfan, roedd eraill yn rhoi'r Gymraeg ar femrwn. Ond nid Cymraeg yn unig sydd yn y llawysgrifau cynharaf hyn, ac nid yng Nghymru yn unig y down o hyd iddynt. Un enghraifft drawiadol yw Cofnod Surexit sy'n dyddio o'r wythfed neu'r nawfed ganrif. Ymddengys yn llawysgrif Efengylau Caerlwytgoed a chredir i rannau ohoni gael eu llunio yng Nghadeirlan Caerlwytgoed (Lichfield, ger Birmingham), lle mae i'w gweld hyd heddiw. Enw arall ar y llawysgrif yw Llyfr Sant Chad – enw nawddsant y Gadeirlan – ac mae Chad 2 yn enw arall eto fyth ar y testun Cymraeg, gyda'r rhif yn dynodi

Carreg Cadfan
© *Hawlfraint y Goron: CBHC*

mai dyma'r ail o saith pwt Hen Gymraeg a gedwir yn ymylon y llawysgrif. Oherwydd crynodiad y Gymraeg yma, cred nifer i'r llawysgrif dreulio amser yn Llandeilo, Sir Gaerfyrddin, os nad cael ei chynhyrchu yno. Er hynny, Lladin yw iaith y prif destun, ac yn wir, Lladin yw gair agoriadol y pwt Cymraeg:

Surexit *tutbulc* filius *liuit hagener tutri dierchi tir telih haioid ilau elcu filius gelhig haluidt iuguret amgucant pel amtanndi ho diued diprotant gener tutri o guir imguodant ir degion guragon tagc rodesit elcu guetig* equs, tres uache, tres uache *nouidligi namin ir ni be cas igridu dimedichat guetig hit did braut grefiat guetig nis minn tutbulc hai cenetl in ois oisau*

Cododd Tudfwlch *fab* Llywyd a mab-yng-nghyfraith Tudri i hawlio Tir Telych a oedd yn nwylo Elgu fab Gelli a llwyth Idwared. Dadleuon nhw yn ei gylch am gyfnod hir. Yn y diwedd, penderfynon nhw yn erbyn mab-yng-nghyfraith Tudri, gan ddilyn y gyfraith. Dywedodd yr uchelwyr wrth ei gilydd: gadewch inni dangnefeddu. Yna rhoes Elgu *geffyl* iddynt, *tair buwch a/sef tair buwch* a oedd newydd fwrw llo fel na fyddai casineb rhyngddynt er mwyn cael trefn wedi hynny a hyd Ddydd y Farn: deisyfiad na fydd eisiau ar Tudfwlch a'i genedl wedi hynny yn oes oesoedd.

Ceir naws Gristnogol, ond testun cyfreithiol yw hwn: cytundeb rhwng dau ŵr a'u teuluoedd sy'n amlinellu anghydfod ynghylch perchnogaeth tir a'r datrysiad heddychlon a ddaeth wedyn. Fel y mae'r Lladin a'r Gymraeg yn gorgyffwrdd, felly'r Cristnogol a'r cyfreithiol, a thebyg yw stori testunau Hen Gymraeg ar eu hyd: ceir ystod o bynciau – o farddoniaeth ddefosiynol

---

Y Gymraeg ar gofnod Surexit
Hawlfraint Cadeirlan Caerlwytgoed

ortudizuır híc quod erıır + zel hıt fılıuır aquır ıud hoc euanze
lum derıznzal ε de drıllı pıllo touıır optuımın ε dedıt
panımaıpuır ıptum euanzelıum dˢ ε rˢ telıauı rupıır altare
+ zel hıt fılıuır dˢ ıhˢ ıud ... ε tˢ couıır + fılıuır zıpır ıud

ıure ır ır tˢbule rıuılıuır hızeıır tuırír ɓıercııı ızır telıh-hızoıd ılou
elcuır ıurelıuır hɔtluıdır ıur ıpeır tuızucelt pel conıtuımdı hodızır
dırpro tuııır zeneır tuızır ɔ quıır ıntuodruıır ır dezıon zuırcuııır tuızır
rodeır elcu zuırtzır eızır treır uache treır uache nouılızı nuır ır
rıɓe ɔtuır ır zıdu dımedıɓteı zuırzır ɓır dıo ɓruır zreır ıuır zuır
tır ın nuımı tuıɓule hozcenoılzıoıır ortouıd

cete omnes zentes babtizan
tes eos ın nomine pcaris ε fılı
ε spu scı docentes eos obser
uare omnia quaecuın que
mandaui uobis ε ecce ego uo
bis cuın suın omnıbus dıeb:
usque cadconsuınınacıonem
+ sacculı fınıt · amen · · ·

'Englynion Juvencus' i drafodaeth ddiwinyddol-fathemategol 'Dernyn y Computus' – ac maent oll yn ymddangos mewn llawysgrifau Lladin.

Wrth chwilio, felly, am destunau cynnar Cymraeg mewn llawysgrifau uniaith Gymraeg, rhaid troi'r cloc ymlaen. Wrth wneud hynny down at baradocs: llamwn i'r ddeuddegfed, y drydedd a'r bedwaredd ganrif ar ddeg ond canfyddwn ynddynt farddoniaeth o'r nawfed ganrif a chynt. Yn Llyfr Coch Hergest (pedwaredd ganrif ar ddeg), er enghraifft, cedwir barddoniaeth drwmgalon Canu Heledd: dynes unig yn galaru marwolaeth ei brawd Cynddylan ar diroedd diffaith Powys: 'Stafell Gynddylan ys tywyll heno, / Heb dân, heb wely. / Wylaf wers; tawaf wedi.' Ynddo hefyd ceir Canu Llywarch Hen.

Fodd bynnag, yr hynotaf a'r enwocaf yw barddoniaeth Aneirin a Thaliesin. Dyma'r 'Cynfeirdd' yn ôl y derminoleg draddodiadol: beirdd a ganai tua'r chweched ganrif yn yr Hen Ogledd, sef hen deyrnasoedd Brythonaidd gogledd Lloegr a de'r Alban. Dau fardd gwahanol â llawysgrif yr un – Llyfr Aneirin (trydedd ganrif ar ddeg) a Llyfr Taliesin (pedwaredd ganrif ar ddeg) – a'r ddau'n cyfansoddi canu arwrol.

Cyfres helaeth o benillion marwnad yw cynnyrch Aneirin: cyfres a elwir 'Y Gododdin', a hynny'n gyfeiriad at deyrnas Frythonaidd y gwŷr a folir. Coffeir y milwyr fesul un, a gyda'i gilydd llunnir stori jig-so. Daeth tri chant o ddynion ynghyd yn llys Mynyddog Mwynfawr ger Caeredin ac, ar ôl gwledda, aethant i Gatraeth (Catterick), Swydd Efrog, i ymladd gwŷr Deifr a Brynaich yn eofn: 'Gwŷr a aeth Gatraeth, oedd ffraeth eu llu, / Glasfedd eu hancwyn a gwenwyn fu' ('Aeth gwŷr i Gatraeth, cyflym oedd eu byddin, / medd ffres oedd eu gwledd a'u gwenwyn hefyd').

Os mai prin, y tu hwnt i'r farddoniaeth ei hun, yw'r dystiolaeth am ddigwyddiadau a ffigurau'r 'Gododdin', mae hanesyddoldeb a phersonoliaeth Taliesin ac unigolion ei gerddi yntau ychydig yn gliriach. Priodolir rhyw ddwsin o gerddi iddo â'r rheiny, gan fwyaf, yn moli teulu Urien Rheged, arglwydd teyrnas Frythonaidd arall. Clodforir eu gwrhydri, eu haelioni ac, yn achos y mab, Owain, ei farwolaeth arwrol: 'Enaid Owain ab Urien, / gobwyllid ei Rên o'i raid' ('Enaid Owain fab Urien, / bydded i'w Dduw ystyried ei angen'). Er y lleolir y rhan fwyaf o waith Taliesin yn yr Hen Ogledd, mae ambell gerdd yn tystio iddo deithio i lys Cynan Garwyn yn nheyrnas Powys.

Mae'r digwyddiadau hyn a'r byd y maent yn ei ddarlunio yn perthyn i gyfnod Hen Gymraeg cynnar: y chweched ganrif. Fodd bynnag, mae ieithegwyr yn amharod i alw iaith y cerddi yn 'Hen Gymraeg' o'r iawn ryw, gan nad yw cofnodion y llawysgrifau sydd gennym yn gyfoes â'r ganrif honno. Mae'r iaith yn sicr yn hŷn nag iaith testunau eraill llawysgrifau'r cyfnod, sef y drydedd a'r bedwaredd ganrif ar ddeg, ond mae hefyd yn cynnwys elfennau sy'n dangos dylanwad diweddarach Cymraeg Canol, sef enw'r Gymraeg rhwng tua'r ddeuddegfed a'r unfed ganrif ar bymtheg.

Felly, pam a sut y mae'r fath fwlch rhwng cyfansoddi barddoniaeth mor gynnar â'r chweched ganrif a'i chofnodi mewn llawysgrifau wyth can mlynedd yn ddiweddarach? Un ateb syml yw 'iaith lafar'. Mae bron yn sicr fod copïau cynharach na Llyfr Aneirin a Llyfr Taliesin wedi bodoli, e.e. mae'n amlwg fod un o ysgrifwyr Llyfr Aneirin yn copïo testun o'r unfed ganrif ar ddeg neu'n hŷn, ond hyd yn oed wedyn, mae'n rhaid mai trosglwyddo ar lafar oedd cyfrwng pennaf y canu cynnar: gair i'r glust ydoedd.

Yn wir, er gwaethaf ffocws y bennod hon ar dystiolaeth ysgrifenedig gynradd, rhaid cofio mai siarad a chlywed iaith oedd profiadau'r mwyafrif o ddefnyddwyr yr ieithoedd a esgorodd ar y Gymraeg. Roedd eu bywydau'n cwmpasu ffydd, galar, rhyfel, cyfraith a chymod, a'r rheiny'n fywydau amlieithog o'r cychwyn cyntaf, lle clywid Lladin, Hen Saesneg, Hen Wyddeleg, Galeg, a phob math o ieithoedd Indo-Ewropeaidd eraill. O wreiddiau dyfnion y Gymraeg, daeth planhigion breision a chroesbeillio cyson.

Tudur Owen

CYMRAEG, IAITH EIN PLANT

Er fy anaeddfedrwydd, mi rydw i, coeliwch neu beidio, ddigon hen i gofio saithdegau cynnar y ganrif ddiwethaf. Roedd hwn yn gyfnod heriol i'r iaith Gymraeg a phob tro roeddwn i'n teithio heibio giatiau Stad y Faenol rhwng Caernarfon a Bangor, roeddwn i'n darllen cwestiwn wedi ei beintio mewn llythrennau blêr gwyn ar y muriau enwog: 'CYMRAEG IAITH EIN PLANT?'

Heb os, roedd sefyllfa'r iaith ar y pryd yn wirioneddol argyfyngus ac felly roedd y cwestiwn yn un dilys, ond bellach mae'r gosodiad cyhuddgar wedi hen ddiflannu. Ydy hyn oherwydd ein bod wedi derbyn ateb i'r cwestiwn ynteu oherwydd ein bod wedi colli'r awydd i estyn am y pot paent?

Does dim amheuaeth fod sefyllfa'r iaith yn wahanol hanner canrif yn ddiweddarach, ond fy mhryder ydy fod y cwestiwn yr un mor berthnasol ag erioed.

Mae yna gonsensws bellach fod ein gwlad yn wlad ddwyieithog, ac mi rydw i'n un sydd wedi canmol y dyhead yma fel ffordd o uno ein cymdeithasau a chreu dyfodol ble mae'r ddwy iaith yn cyd-fyw.

Ond ydyn ni'n byw mewn gwlad ddwyieithog, go iawn? Mae'r Gymraeg a'r Saesneg yn cael eu cydnabod bellach fel ieithoedd swyddogol ein gwlad sy'n awgrymu elfen o gydbwysedd a thegwch. Ond fe wyddom mewn gwirionedd fod y ddelwedd yma o gydraddoldeb yn un anghyfarwydd ar lawr gwlad.

Dydy sefyllfa ieithyddol ein cenedl ddim yn unigryw o bell ffordd. Mae gan hanner poblogaeth y byd fwy nag un iaith, sy'n golygu fod gan yr hanner arall ddim ond un, felly os ydyn ni'n derbyn fod siaradwyr Cymraeg hefyd yn rhugl yn y Saesneg, mi rydyn ni'n aelodau o glwb amlieithog eang iawn.

Er hyn, mae gen i gyfaddefiad i'w wneud: weithiau dwi'n eiddigeddus o'r hanner uniaith. Mae bywyd yn symlach iddyn nhw; mae'r iaith maen nhw'n ei defnyddio i gyfathrebu o ddydd i ddydd yn gyson, yn hollbresennol ac yn ddiogel. Mae pobol uniaith yn medru diystyru eu hiaith, yr hon maen nhw'n ei defnyddio o ddydd i ddydd.

I ganran sylweddol o'r garfan uniaith, mae eu hiaith yn pylu yn ddisylw i ddwndwr eu bywydau ac yn cael ei chymryd yn ganiataol, yn rhan normal o wead bywyd, fel rheolau'r ffordd fawr neu'r system ariannol neu oleuadau stryd. Adnoddau rydyn ni'n llwyr ddibynnu arnyn nhw ond ddim yn sylwi ar eu gwir werth cyn belled â'u bod nhw yna, yn gweithio ac yn ein gwasanaethu.

I ni siaradwyr Cymraeg, fodd bynnag, mae bywyd ymhell o fod yn syml.

Yn y byd amlieithog mae'n anochel fod un o'r ieithoedd am gael ei hystyried yn brif iaith, yn cael ei siarad gan y mwyafrif, ac felly'n drech na'r gweddill. Dyma ein sefyllfa ni yng Nghymru, hwn yw ein gwirionedd, a pha bynnag debygrwydd sydd yna rhwng ein sefyllfa ni a sefyllfaoedd ieithoedd lleiafrifol eraill ar draws y byd, mae hanes a statws presennol y Gymraeg yn ddyrys ac unigryw.

Yn union fel yn achos yr unieithwyr, mae fy iaith yn rhan annatod o fy mywyd dyddiol ac mae ei siarad yn weithred isymwybodol, fel symud fy nghorff neu anadlu. Ond yn wahanol i'r unieithwyr, mae fy iaith ar flaen fy ymwybod yn gyson. Yn ogystal â'r ffaith fy mod i'n gweithio yn bennaf drwy gyfrwng y Gymraeg, mae bod yn siaradwr Cymraeg yn dylanwadu ar fy mywyd bob dydd mewn ffyrdd di-ri. Mae o'n llywio fy mhenderfyniadau, fy newisiadau ac yn aml yn gyfrifol am y ffordd dwi'n teimlo, boed hynny'n fodlon a gobeithiol neu'n flin ac amddiffynnol.

Ers canrifoedd mae Cymru wedi gweld ei hiaith yn cael ei defnyddio ar gyfer llu o ddibenion heblaw cyfathrebu. O fod yn arf gwleidyddol gan ei siaradwyr a'i diystyrwyr neu yn fathodyn i ddynodi gwladgarwch a tharddiad, mae'r Gymraeg yn fwy na dim ond iaith.

I mi, mae dwyieithrwydd yn golygu ymrafael parhaus rhwng y Gymraeg a'r Saesneg, cystadlu cyson am sylw a pherthnasedd. Mae'r gystadleuaeth yma yn fy atgoffa o'r dreigiau chwedlonol yn brwydro uwch bryniau Eryri ac er bod y stori hynafol yn adrodd am fuddugoliaeth i'r ddraig goch dros yr un wen, mae'r ddelwedd o'r ddwy ddraig yn troelli a checru yn ddiderfyn uwch ein pennau yn agosach ati na'r darlun o Gymru ddwyieithog, hafal a goddefgar.

Mae fy iaith neu fy ieithoedd yn fy niffinio, yn fwy nag y mae unrhyw nodwedd arall. Wrth edrych 'nôl dros fy mywyd, dwi'n sylweddoli fod y ddwy iaith sydd gen i wedi fy hebrwng ar fy nhaith, fel cloddiau bob ochr i lwybr. Mae'r Saesneg wedi fy nghyflwyno i fyd tu hwnt i fy nghynefin ac wedi fy ngalluogi i ddysgu ac ymwneud â diwylliant estron. Mae'r profiad o fod yn gomedïwr proffesiynol ar gylchdaith comedi stand-yp Lloegr wedi bod yn un amhrisiadwy, ac yn un sydd wedi rhoi'r hyder i mi sgwennu a pherfformio yn fy ail iaith. Mae gen i barch mawr at yr iaith honno a'i siaradwyr uniaith a dwi'n falch fod gen i'r gallu i rannu yn ei diwylliant a'i hanes cyfoethog.

Ond yr iaith Gymraeg sydd ym mêr fy esgyrn. Y Gymraeg ydy iaith fy meddyliau a fy mreuddwydion. Y Gymraeg ydy sail i fy hunaniaeth a chraidd fy modolaeth.

Er fy mod wedi cyfaddef teimlo eiddigedd o fyd didrafferth yr unieithwyr, mae'r ffaith fod sefyllfa fy mamiaith mor gymhleth, deinamig, bregus, pwerus, dadleuol ac ysbrydoledig yn fy atgoffa yn ddyddiol o'r fraint o'i chael yn fy mywyd.

Mae heriau mordwyo bywyd drwy gyfrwng y Gymraeg yn gwneud i mi ei gwerthfawrogi yn fwy bob dydd. Hi sydd yn fy nghysylltu at fy nheulu, fy nghynefin a fy hanes. Ond yn ddiweddar mae'r iaith Gymraeg wedi dangos rhywbeth arall i mi. Mae'r twf yn y nifer sy'n ei dysgu, boed y rheiny'n Gymry sydd yn ei hailddarganfod, neu'n fewnfudwyr i'n gwlad sydd eisiau ei hadnabod, yn profi fod gan ein heniaith y gallu rhyfeddol i swyno a hudo pobol o bob cefndir, a phob diwylliant.

Mae'r Gymraeg yn gwneud rhywbeth sydd wastad yn fy syfrdanu. Mae ganddi'r pŵer i greu undod rhyfeddol ymysg ei siaradwyr. Er gwaethaf unrhyw wahaniaethau diwylliannol neu gymdeithasol, mae'r Gymraeg yn fodd i ni uniaethu â'n gilydd, ac mae'r profiad o ddarganfod y cwlwm sy'n bodoli rhyngom wrth gyfarfod â siaradwyr eraill wastad yn ddyrchafol.

Ydy Cymru yn wlad ddwyieithog? Wel... tra byddwn ni'n sicrhau fod y dreigiau dychmygol yna'n parhau i droelli rywle uwch ein pennau, y naill â'i bryd ar gadarnhau ei goruchafiaeth a'r llall yn dal ei thir yn ddigyfaddawd, mi fydd gan Gymru, a'r cenedlaethau sydd eto i ddod, draddodiad a hanes ieithyddol unigryw a gwerthfawr iawn.

Cymraeg, iaith ein plant? Ni sydd i benderfynu hynny.

Gruffudd Antur

YR IAITH AR GOF A CHADW YN Y LLAWYSGRIFAU

Yn 1702, yn ystod ymweliad â Chaergrawnt, fe wnaeth Edward
Lhwyd, ceidwad yr Ashmolean yn Rhydychen ac un o Gymry disgleiriaf
ei oes, ddarganfyddiad rhyfeddol. Wrth fyseddu llawysgrif hynafol yn
llyfrgell y brifysgol yno, llawysgrif o ail hanner y nawfed ganrif sy'n
cynnwys gwaith y bardd clasurol Juvencus, gwelodd Lhwyd fod y
llawysgrif yn cynnwys glosau (sef nodiadau esboniadol ar ymyl tudalen
neu rhwng llinellau) mewn Cymraeg ac, ar ymylon rhai o'r dalennau,
ambell englyn. Sylweddolodd Lhwyd eu gwerth yn syth, ac er mwyn
gallu treulio rhagor o amser yn eu hastudio, fe wnaeth rywbeth sy'n
ymddangos i ni'n anfaddeuol: estynnodd ei gyllell boced, torrodd ymylon
y dalennau sy'n cynnwys yr englynion, ac aeth â nhw – yr enghreifftiau
cynharaf oll o farddoniaeth Gymraeg ysgrifenedig sydd wedi goroesi – yn
ôl i Rydychen ym mhlygion ei gôt.

Er na wyddai hynny ar y pryd, roedd Lhwyd wedi 'darganfod' yr hyn
yr ydym yn ei alw'n Hen Gymraeg. Roedd yr englynion hyn yn destun
cryn benbleth i Lhwyd a'i gylch o gyfeillion dysgedig, ond ryw ddwy ganrif
yn ddiweddarach cafwyd astudiaeth loyw ohonynt gan Syr Ifor Williams,
a ddangosodd eu bod yn debyg o ran mydr a chynnwys i'r englynion yr
ydym yn eu cysylltu ag enwau Llywarch Hen a Heledd. Mae'r englynion
hynny i'w cael yn Llyfr Coch Hergest, llawysgrif enfawr a ysgrifennwyd
tua'r flwyddyn 1400. Ond mae'r englynion yn llawysgrif Juvencus yn
ategu'r gred fod llawer o'r farddoniaeth yn Llyfr Coch Hergest yn llawer,
llawer hŷn na'r memrwn y cofnodwyd hi arno.

Mae'r un peth i'w weld yn wir am gyfran helaeth o'r farddoniaeth
Gymraeg gynnar. Ystyriwch 'Y Gododdin', y gyfres enwog o awdlau arwrol
a briodolir i Aneirin ac sydd, fe ymddengys, yn coffáu'r arwyr a gollodd
eu bywydau mewn brwydr a ddigwyddodd tua diwedd y chweched ganrif
yng Nghatraeth (Catterick) yn yr Hen Ogledd. Er bod ambell sgeptig yn
eu plith, mae'r rhan fwyaf o ysgolheigion yn gytûn fod peth, o leiaf, o'r
'Gododdin' yn perthyn i gyfnod Aneirin ei hun. Ond mae'r llawysgrif
gynharaf sy'n cynnwys 'Y Gododdin', a tharddle pob copi diweddarach,
sef Llyfr Aneirin, yn perthyn i ail hanner y drydedd ganrif ar ddeg,
ganrifoedd lawer ar ôl dyddiau Aneirin a'r arwyr lu a goffeir ganddo. Felly

hefyd y farddoniaeth yn Llyfr Taliesin, os cywir y dyb fod y llawysgrif honno yn cynnwys dyrnaid o gerddi o waith y Taliesin hanesyddol, bardd a gydoesai'n fras ag Aneirin.

Gellir meddwl am ddau esboniad amlwg dros y bwlch anferthol hwn rhwng cyfnod y canu a'r llawysgrifau cynharaf. Y cyntaf, a'r mwyaf deniadol o bosibl, yw bod y farddoniaeth wedi cael ei chadw'n fyw ar dafod leferydd am ganrifoedd lawer, wedi'i throsglwyddo'n ofalus o genhedlaeth i genhedlaeth cyn i rywun, o'r diwedd, benderfynu ei chofnodi ar femrwn neu bapur. Ond rhaid hefyd ystyried ail bosibilrwydd, sef bod y farddoniaeth wedi'i chofnodi ar femrwn yn llawer cynharach na'r llawysgrifau sydd ar gael i ni heddiw, a chan hynny wynebu'r realiti trist fod nifer o lawysgrifau, trwy esgeulustod neu ystryw, wedi eu colli. Gellir dangos, er enghraifft, fod un o'r ddau ysgrifwr a fu'n gyfrifol am lunio Llyfr Aneirin yn copïo o gynsail a ysgrifennwyd mewn Hen Gymraeg, llawysgrif sydd wedi hen fynd rhwng y cŵn a'r brain.

Y gwir amdani yw bod enghreifftiau o lawysgrifau Cymraeg, neu unrhyw Gymraeg ysgrifenedig, yn resynus o brin cyn canol y drydedd ganrif ar ddeg: rydym yn gyfyngedig i nodiadau esboniadol byrion mewn llawysgrifau Lladin ac ambell destun strae. Yna, am ryw reswm, mae'r cyfnod o tua 1250 ymlaen yn ymdebygu i gawod o law taranau ar ôl cyfnod maith o sychder. Mae'r prinder, yn sydyn, yn dod i ben. Efallai mai'r esboniad mwyaf tebygol dros y cynnydd aruthrol hwn yn nifer y llawysgrifau sydd wedi goroesi yw bod yr ysgrifwyr Cymreig wedi glynu'n anarferol o hir at yr hen ysgrifen Ynysig, ysgrifen a oedd wedi hen fynd allan o ffasiwn mewn llefydd eraill erbyn 1200. Ar ôl i'r ysgrifwyr Cymreig fabwysiadu'r ysgrifen Gothig newydd, ffasiynol, byddai llawysgrif mewn ysgrifen Ynysig wedi bod yr un mor ddefnyddiol ag yw disg fflopi i ni heddiw.

Yn achos llawysgrifau, sy'n aml yn anodd iawn eu dyddio'n fanwl, gorchwyl anodd – ac annoeth – yw ceisio rhoi niferoedd pendant, ond gellir tybio bod rhyw 20 o'r llawysgrifau Cymraeg sydd ar gael i ni heddiw wedi eu hysgrifennu cyn tua 1300. Maen nhw'n cynnwys copïau o Gyfraith Hywel (e.e. y Llyfr Du o'r Waun), barddoniaeth (e.e. Llyfr Aneirin) a thestunau rhyddiaith hanesyddol a chrefyddol (e.e. copi o *Historia Gruffudd ap Cynan* yn llaw un o'r ddau ysgrifwr a fu hefyd yn gyfrifol am lunio Llyfr Aneirin). Llawysgrifau o ogledd Cymru yw'r rhan fwyaf o'r rhain: mae'n ymddangos fod sgriptoriwm tra chynhyrchiol yn abaty Glyn-y-groes ger Llangollen yn y cyfnod hwn, ac mae'n debygol mai yn abaty Aberconwy y lluniwyd Llyfr Aneirin. Ac er gwaetha'i enw, nid yn y Waun y lluniwyd Llyfr Du'r Waun, ond yn rhywle yng Ngwynedd – Clynnog-fawr, efallai, neu o bosibl ardal Dinlle, cynefin y teulu nodedig o gyfreithwyr y perthynai Gruffudd ab yr Ynad Coch iddo.

Mae un eithriad nodedig i'r duedd ogleddol hon, sef Llyfr Du Caerfyrddin – casgliad anhraethol bwysig o farddoniaeth a'r enwocaf oll, efallai, o'r llawysgrifau Cymraeg canoloesol. Mewn gwirionedd, mae'n anodd olrhain cysylltiad y Llyfr Du â Chaerfyrddin ymhellach nag ail hanner yr unfed ganrif ar bymtheg, pryd yr oedd ym meddiant criw o feirdd ac ysgolheigion yn Nyffryn Clwyd, ac mae gwir darddle'r Llyfr Du'n parhau'n ddirgelwch. Dangoswyd yn ddiweddar mai dryswch llwyr sy'n gyfrifol am yr hen gred fod y Llyfr Du wedi'i achub gan drysorydd Tyddewi o briordy Awstinaidd Caerfyrddin adeg Diddymu'r Mynachlogydd, a bu rhai ysgolheigion yn dadlau bod y Llyfr Du'n debygol o fod yn waith mynach o abaty Sistersaidd Hendy-gwyn ar Daf, un o'r Canoniaid Gwynion yn Nhalyllychau, neu efallai ryw ganon ecsentrig yn Nhyddewi. Bu cryn ansicrwydd hefyd ynghylch oedran y Llyfr Du, a hyd yn oed ynghylch sawl ysgrifwr a fu'n gyfrifol am ei lunio. Credai ysgolheigion hyd yn weddol ddiweddar fod sawl llaw ar waith ynddo, ac iddo gael ei lunio tua degawdau olaf y ddeuddegfed ganrif. Y consensws bellach, fodd bynnag, yw bod y Llyfr Du'n perthyn i ganol y drydedd ganrif ar ddeg, a bod y cyfan yn waith un ysgrifwr yn unig – ysgrifwr idiosyncrataidd (amhrofiadol, efallai) a weithiai ar ei lawysgrif yn ysbeidiol.

Mae Llyfr Du Caerfyrddin yn haeddiannol enwog. Ystyriwch dudalen cyntaf y Llyfr Du fel y saif heddiw, tudalen sy'n cynnwys agoriad y gerdd 'Ymddiddan Myrddin a Thaliesin'. Er ei fod yn mesur rhyw saith modfedd wrth bump, dim ond 29 gair sydd ar y tudalen hwn; mae'r ysgrifen yn anarferol o fras, a'r bylchau rhwng y llinellau'n anarferol o hael. Mewn geiriau eraill, dyma ddefnydd afradus o femrwn, sef y deunydd drudfawr a ddefnyddiwyd ar gyfer pob llawysgrif Gymraeg hyd ganol y bymthegfed ganrif. At hynny, aethpwyd ati i addurno rhai o'r priflythrennau, gan ddefnyddio inc coch a gwyrdd. Mae hyn oll yn awgrymu bod y Llyfr Du yn waith comisiwn ar gyfer noddwr cefnog. Ond eto i gyd, mae safon yr ysgrifen braidd yn amaturaidd o anghyson, ac mae ambell gliw ynddo fod yr ysgrifwr yn gweithio dros gyfnod hir o amser.

Y Llyfr Du yw'r gynharaf o'r pedair llawysgrif a fedyddiwyd gan W. F. Skene yn 'the four ancient books of Wales', ond ynddi hi y ceir y testunau mwyaf 'newydd', fel petai. Mae'r tair arall – Llyfr Aneirin, Llyfr Taliesin a Llyfr Gwyn Rhydderch – yn ymdrechion i gasglu testunau a ysgrifennwyd ganrifoedd lawer yn ôl, ond mae llawer o gynnwys y Llyfr Du yn deillio o ail hanner y ddeuddegfed ganrif, ychydig ddegawdau'n unig cyn ysgrifennu'r Llyfr Du ei hun; yn eu plith, tua diwedd y llawysgrif, mae pedair cerdd gan Gynddelw Brydydd Mawr, gan gynnwys cerdd foliant i'r Arglwydd Rhys, tywysog Deheubarth (bu farw 1197), a'i dad yng nghyfraith, Madog ap Maredudd, tywysog Powys (bu farw 1160). Petai'n rhaid dyfalu ar gyfer pwy y lluniwyd y Llyfr Du, byddai rhywun yn meddwl yn syth am aelod o'r llinach hon, llinach a oedd yn hael ei nawdd i feirdd ac ysgolheigion.

Daw hynny â ni i ail hanner y drydedd ganrif ar ddeg. Collodd Cymru ei thywysog olaf, Llywelyn ap Gruffudd, yn 1282, ar lannau Irfon yng Nghilmeri. Yn fuan wedyn aeth rhywun – yn abaty Ystrad-fflur, o bosibl – ati i lunio un o'r llawysgrifau Cymraeg canoloesol hynotaf o'r cwbl, sef Llawysgrif Hendregadredd. Plasty nid nepell o Gricieth yw Hendregadredd, ond nid yno yr ysgrifennwyd y llawysgrif sy'n dwyn yr enw hwnnw; yn hytrach, yno, yn 1910, y daethpwyd o hyd i'r llawysgrif amhrisiadwy hon 'in an old bachelor's wardrobe in a disused bedroom'. Doedd neb wedi ei gweld ers tua 1770, pan gafodd ei chipio o lyfrgell nodedig Hengwrt ger Llanelltud yn sir Feirionnydd. Ac mae'n

Llyfr Du Caerfyrddin

guydi · taliessin · brchaud ·
kyffredin · vy dawgan ·

Breuduid a uelun neithwr
ur· y scelur· ae dehogltho ·
Hyrwerthur y rwur· nut
guibut ar nuygelho · Guerthwr
llara lly wiau niwer nich hoffer
meuret bw · Heur uum y dan
un durcel a bun dec lu guanet
gw · Hid cir llauur urch din
da· de coffa ar nuydalho · Gua
ech ·

Reen nef mor rimer · y ryuetawd neiru
kyuf eluir rir · y wlawd · rex ndeu urno
nifclo ny gurdawd· rec ryterniam yn ram
keadawd· pan dyno touyt yn dyt pennawd·
pryf par ochwinn yn erbyn brawd· pan
gaffwyf y gan glein glan gyflqyawd·
nan dydaio aghen aghen dallawd· Ac eu
na ozynhaf tregbi metzawd· llyf lleu
ner ynyf gyryf gozuyndawd· Pedackant
nnint na frydant wawd· y eduyn terr
ixyn trryrf y rozawd· Nyo aduarn kerten
nyo gen dacrawd· Nyo duc neb kenyad uac
o honawd· yn aiven gyffrit kenyf dract·iwa
wd· y ri a roei beb esgullawd· Gruffut glew
dywal ar ornetawd· Gwir gwae y wenn gwn
en gwirawd· Gwir a lwyei lu kyn bu brzu
awd· bleit bytin ozthcat yn terie blygbawd·
yr terygyl preinwyr pyn ffollawd· pafcadur
kynrein pryteinn briawd· hantoet gao fyffro
o anarawd· Ac eil o run hir rynel durawd
franci yn yg kynhoz ciffoz medrawd·
mal vryen urten ae anagyffrawd· Gteled
y teun llu ny bu denawd· mer caden neuateu
o yffullawd· kyn myned mab kynan yvan
dyrawd· keffid yny gynter uet a bzagawd·
o olo gruffut yn rut uedrawd· kwynyin
nagon dyfin dygyn dieuyrawd· ergyr
wlao bzaffdrin kyn rewm rawd· Ryan
rudrei trunoet oet rybarawd· ny gawd
nuen rec aduciwndawd· lly vinnei gam
ner gawn nebawd· y gymeryeio lwowrino

ymddangos fod pob perchennog oddi ar hynny yn gwybod hynny'n iawn. Cyfleus *iawn*, felly, oedd dod o hyd i'r fath drysor yng ngwaelod wardrob lychlyd ychydig cyn ei gyrru i gael ei gwerthu gan Sotheby's yn Llundain.

Beth bynnag am ei hanes amheus, mae Llawysgrif Hendregadredd yn rhyfeddod. Yn ei hanfod, mae'n gasgliad trefnus, fesul bardd, o waith Beirdd y Tywysogion, sef y beirdd a ganai i dywysogion tair talaith y Gymru annibynnol (Gwynedd, Powys a Deheubarth), gan ddechrau â marwnad Meilyr Brydydd i Ruffudd ap Cynan (bu farw 1137) a gorffen â Llywelyn ap Gruffudd, y Llyw Olaf, a laddwyd ychydig flynyddoedd yn unig cyn i brif ysgrifwr (a phensaer) y llawysgrif ddechrau ar ei waith. Gadawodd yr ysgrifwr hwnnw, ysgrifwr anhysbys yr ydym yn ei adnabod fel 'Alffa', le gwag ar ddiwedd ei gasgliad o waith pob bardd fel y gallai rhywun – ef ei hun, o bosibl, neu genhedlaeth newydd o ysgrifwyr – ychwanegu at y casgliad fel y deuai deunydd i law. A dyna'n union a ddigwyddodd: ar ôl i Alffa orffen ei waith, aeth cynifer â 19 o ysgrifwyr ati i wneud ychwanegiadau at y llawysgrif, gan barchu patrwm a gweledigaeth Alffa. Ond nid dyna ddiwedd yr hanes. Genhedlaeth yn ddiweddarach, pan oedd y llawysgrif ym meddiant Ieuan Llwyd ab Ieuan ap Gruffudd Foel o Ddyffryn Aeron, gwnaed ychwanegiadau pellach gan gynifer ag 20 o ysgrifwyr, ac yn eu plith gyfres o englynion o waith Dafydd ap Gwilym, efallai yn llaw'r bardd ei hun.

Rydym erbyn hyn wedi cyrraedd canol y bedwaredd ganrif ar ddeg, cyfnod o newid aruthrol yn y gyfundrefn farddol wrth i fesur newydd, y cywydd, ennill ei blwyf. Dyma gyfnod Dafydd ap Gwilym, y mwyaf ei fri o blith holl feirdd y Gymru ganoloesol. Roedd hefyd yn gyfnod pwysig o ran llunio llawysgrifau Cymraeg, ond mae'n ymddangos nad oedd y farddoniaeth gyfoes yn cael ei hystyried yn ddeunydd addas ar gyfer y llawysgrifau hynny. Heblaw'r englynion yn Llawysgrif Hendregadredd, nid oes gennym unrhyw enghraifft debygol o lawysgrifen Dafydd ap Gwilym, ac ni ddaeth casgliadau o gywyddau'n gyffredin tan ail hanner y ganrif ganlynol. Ond i'r cyfnod hwn, fodd bynnag, y perthyn un o'n

Marwnad Meilyr Brydydd i Ruffudd ap Cynan, Llawysgrif Hendregadredd

llawysgrifau pwysicaf, sef Llyfr Gwyn Rhydderch. Ysgrifennwyd y Llyfr Gwyn gan bum ysgrifwr anhysbys, ac yn eu plith un ysgrifwr toreithiog a ysgrifennodd nifer o lawysgrifau eraill, un ohonynt yn 1346, pryd yr oedd yn ancr (math o feudwy crefyddol) yn Llanddewi Brefi. Mae'n debyg mai yn abaty Ystrad-fflur y lluniwyd Llyfr Gwyn Rhydderch (ymddengys mai ei berchennog cyntaf oedd Rhydderch ab Ieuan Llwyd, mab yr Ieuan Llwyd a oedd yn berchen ar Lawysgrif Hendregadredd), ac efallai mai pennaf gwerth y Llyfr Gwyn i ni heddiw yw mai dyma'r copi cynharaf sydd gennym o Bedair Cainc y Mabinogi. Mae'n wir fod dernynnau o'r Mabinogi i'w cael mewn llawysgrifau cynharach, ond y Llyfr Gwyn yw'r llawysgrif gynharaf sy'n cynnwys y Pedair Cainc yn eu crynswth. Yn ogystal â'r Pedair Cainc, ceir yn y Llyfr Gwyn gasgliad mawr o destunau crefyddol, yn ogystal â'r chwedlau a'r rhamantau eraill (gan gynnwys 'Culhwch ac Olwen') y daethpwyd yn ddiweddarach, ynghyd â'r Pedair Cainc, i'w hadnabod fel y Mabinogion.

Llawysgrif fechan, drwchus yw Llyfr Gwyn Rhydderch. Cyn cael ei rhwymo'n ddwy gyfrol fe gynhwysai ryw 500 tudalen, ac er i ryw rwymwr brwd docio ymylon y dail fel nad ydynt bellach ond ychydig dros wyth modfedd o daldra wrth chwech o led, mae'n parhau'n dalach ac yn lletach na Llyfr Du Caerfyrddin, Llyfr Du'r Waun, Llawysgrif Hendregadredd, Llyfr Taliesin a Llyfr Aneirin. Ryw genhedlaeth ar ôl llunio'r Llyfr Gwyn, fodd bynnag, lluniwyd llawysgrif sydd, o ran corffolaeth, yn bwrw'r Llyfr Gwyn a'r corachod eraill i'r cysgod, llawysgrif sy'n cynnwys dros 350 o ddail (dros 700 tudalen), a'r rheini dros 13 modfedd o daldra ac wyth modfedd o led: Llyfr Coch Hergest.

Yn wahanol i nifer o'r llawysgrifau Cymreig eraill, gwyddom ar gyfer pwy y lluniwyd y Llyfr Coch, sef Hopcyn ap Tomas ab Einion o Ynysforgan yng Nghwm Tawe. Gan fod Hopcyn – a oedd, gyda llaw, yn gyfaill i Owain Glyndŵr – wedi marw tua'r flwyddyn 1405, a chan fod un o'r testunau hanesyddol yn y Llyfr Coch yn terfynu yn 1382, gellir dyddio'r llawysgrif yn weddol fanwl. Gwyddom hefyd enw un o'r tri phrif ysgrifwr, sef Hywel Fychan ap Hywel Goch o Fuellt. Mae'n anodd cenfigennu wrth y dasg a roddwyd i Hywel a'r ddau ysgrifwr arall; yn ôl un amcangyfrif, a bwrw bod yr ysgrifwyr yn gweithio'n ddi-fwlch o doriad gwawr hyd fachlud haul, byddai'r Llyfr Coch wedi cymryd chwe mis i'w ysgrifennu.

Disgrifiwyd Llyfr Coch Hergest unwaith fel 'llyfrgell-mewn-un-llyfr', ac mae'n ddisgrifiad addas dros ben. Yn ogystal â'r Mabinogi(on), mae'n cynnwys ystod eang o destunau crefyddol, testunau hanesyddol, testunau meddygol, diarhebion a barddoniaeth; mae'n wir fod gennym gopïau cynharach o nifer o'r testunau hyn a bod ambell fwlch amlwg (e.e. Cyfraith Hywel, gwaith Aneirin a Thaliesin a chywyddau beirdd y bedwaredd ganrif ar ddeg), ond ceir digonedd o destunau unigryw i wneud iawn am hynny, testunau fel yr englynion godidog a gysylltir ag enwau Heledd a Llywarch Hen. Ac yn fwy na hynny, mae'r Llyfr Coch yn cynrychioli uchelgais un gŵr tra diwylliedig i gasglu ynghyd hufen llenyddiaeth ei wlad. Mae'n ymddangos mai ceidwadol oedd chwaeth lenyddol Hopcyn, ond byddai ein gwybodaeth am ein llenyddiaeth gynnar yn fwy bylchog o'r hanner pe na bai ef wedi rhoi'r tri ysgrifwr hyn ar waith i greu llawysgrif gwbl eithriadol, casgliad, hyd y gwyddom, na welwyd ei debyg yng Nghymru o'r blaen.

Yn wir, pe bai unrhyw un o'r llawysgrifau a drafodwyd uchod wedi mynd ar goll, neu pe na bai rhywun wedi gweld yn dda i'w comisiynu yn y lle cyntaf, byddai yna agendor alaethus yn ein gwybodaeth am ein treftadaeth lenyddol. Collwyd sawl trysor llenyddol dros y canrifoedd, gan gynnwys Llyfr Gwyn Hergest (chwaer fach y Llyfr Coch), llawysgrif sylweddol o ganol y bymthegfed ganrif a losgodd yn ulw mewn tân mewn siop rwymo llyfrau yn Covent Garden yn 1808. Ac wrth gwrs, nid oes gennym y syniad lleiaf o hyd a lled yr hyn na chafodd ei gopïo o gwbl yn y lle cyntaf, y farddoniaeth a'r chwedlau na chawsant eu diogelu gan y traddodiad llafar na'r ysgrifbin. Anghyflawn yw'r darlun sydd gennym, a ffawd, yn amlach na pheidio, oedd yn gyfrifol am ddiogelu ambell ddestun a pheri i eraill fynd ar lwyr ddifancoll. Ond er gwaethaf y bylchau hyn, mae'r diwylliant llenyddol sy'n cael ei gyfleu gan y llawysgrifau yn wirioneddol gyfoethog. Ac yn wir mae'r llawysgrifau hynny, o'u hastudio'n fanwl, weithiau gan ddefnyddio'r dechnoleg ddiweddaraf, yn parhau i ildio eu cyfrinachau.

Catrin Heledd

GWLAD, GWLAD

'What's the Welsh word for microwave? Is it "popty ping"?' Nid y cwestiwn cynta o'n i'n ei ddisgwyl gan dri dyn canol oed yn eu siwtiau mewn cyfweliad am ysgoloriaeth i'r BBC yn Llundain – ond cwestiwn ro'n i'n ddigon parod i'w ateb a chwestiwn wnaeth wneud i fi ymlacio'n syth. O'n i'n gwbod yr ateb o leia.

'Well, no, not really. It's a slight urban myth. It's "meicrodon" – sorry to disappoint. But "popty ping" does have quite a nice ring to it.'

A dyna ddechrau arna i'n sylweddoli pwysigrwydd y Gymraeg yn y gweithle a'r cyfryngau. Roedd yna chwilfrydedd am yr iaith fach leiafrifol hon y tu hwnt i Glawdd Offa. Mewn byd oedd yn uniaith Saesneg a chystadleuol, ai dyma oedd y cyfle i gofleidio fy Nghymreictod a'r Gymraeg a chynnig rhywbeth ychydig yn wahanol? Ai dyma fyddai fy USP?

Wedi'r cyfan, yn yr ysgol fe fyddai'r geiriau bygythiol yn dod yn aml ar yr iard:

'Wha' you speakin' Welsh for?'

Do'n i ddim cweit mor sicr o'r ateb i'r cwestiwn hwnnw. Sut, 'sgwn i, fyddai 'Because I want to' yn cael ei dderbyn gan fwli'r coridorau? Alla i ond dychmygu. Doedd dim amdani, felly, ond plygu fy mhen mewn embaras a sleifio'n fud i'r wers nesa.

Dwi'n ddigon ffodus 'mod i 'di teithio'r byd yn rhinwedd fy swydd fel newyddiadurwr a chyflwynydd chwaraeon. Awstralia (er y ffobia gwirioneddol o bryfed cop), Brasil, De Affrica, y Swistir (lle dwi'n sgwennu hwn nawr a dweud y gwir), Tsieina (ro'dd y bwyd yn ofnadwy – traed ieir – dim diolch) a Siapan, ymysg gwledydd eraill. A dilyn Cymru a'r Cymry yw'r nod bob tro. Ymfalchïo yn eu llwyddiannau nhw ar y llwyfan rhyngwladol; gweld y Ddraig Goch yn cyhwfan ym mhedwar ban byd a chlywed y Gymraeg yn cael ei siarad ar strydoedd estron. Ac wrth glywed honno, ma' rhywun yn gorfod stopio'r môr coch. Wel, mae'n rhaid wrth sgwrs, on'd oes?

'O le y'ch chi'n dod? Y'ch chi'n joio? O ydw, dwi'n nabod *bechingalw*!'

Mae'r iaith – fel y gamp ry'n ni yna i'w gwylio – yn dod â ni i gyd at ein gilydd. Mewn stadiwm rygbi yn Yokohama, er enghraifft: Cymru yn erbyn y Springboks am le yn rownd derfynol Cwpan y Byd 2019.

Mae'n Cymreictod yn dod yn un â'r anthem cyn y gic gynta. 'Hen Wlad Fy Nhadau'. Mae rhai wedi ei meistroli – yn gallu ei morio canu, pob un nodyn yn ei le. I eraill, mae'n dôn feddw o eiriau dieithr. Ond gyda'r 'Gwlad, Gwlad', mae rhywbeth ynom oll yn deffro. Dyma ddatgan ar goedd ein bod ni fel cenedl yma o hyd – ac wedi ein huno gan alaw a anwyd ym Mhontypridd dros wyth mil o filltiroedd i ffwrdd. I nifer o bobl, dyma'u hunig gysylltiad â'r Gymraeg. Ond am gysylltiad! Dau air sy'n gwneud i wŷr wylo – nodau sy'n esgor ar emosiwn ac yn gwneud i ddagrau bowlio.

Dyma nerth iaith leiafrifol. Ac mae cael y cyfle i brofi hynny ben draw'r byd yn fraint dwi ddim yn blino arni. Sdim syndod fod pawb yn dweud taw ni sydd â'r anthem orau.

Ond mae yna rai sy'n dal i feirniadu neu yn dal i gael eu sarhau gan y Gymraeg. Tra o'n i'n gweithio i Rwydwaith y BBC yn ystod Cwpan Pêl-droed y Byd yn Qatar, dyma benderfynu defnyddio ychydig o gyfweliad Cymraeg y capten Ben Davies mewn cynhadledd i'r wasg cyn gêm. Dyma gyfle perffaith i rannu ychydig o'n diwylliant â chynulleidfa ehangach; dangos bod y Gymraeg yn iaith bob dydd – gan atal y myth ei bod hi'n iaith farw nad oes neb yn ei defnyddio y tu allan i'r stafell ddosbarth. Mae Ben yn llysgennad gwych dros Gymru a'r Gymraeg, a braf oedd gallu dangos i'r byd ei fod yn feistr ar ddwy iaith yn ogystal â dwy droed ar gae. Isdeitlwyd y cyfweliad ac fe gafodd ei ddarlledu.

Mewn byd modern lle mae'r cyfryngau cymdeithasol yn rheoli, mae gan bawb nawr yr hawl i leisio'u barn. Oedd, roedd yna rai yn canmol, ond roedd yna feirniadaeth fod Ben wedi meiddio siarad mewn unrhyw iaith ond y Saesneg. Rhag ei gywilydd!

Fel rhywun sy'n teimlo pethau i'r byw, roedd hon yn teimlo fel ergyd bersonol. Pam rhoi capten y tîm cenedlaethol mewn sefylla fregus a bod yn ddarlledwr hunanol? A oedd e wedi edrych ar ei ffôn cyn gêm a gweld y negeseuon sarhaus gan y cyfrifon dienw, diwyneb?

Dydw i ddim yn siŵr a welodd Ben y negeseuon ai peidio, ond pam mai fi fel Cymraes oedd yn teimlo'r angen i ymddiheuro am y penderfyniad i roi llwyfan ehangach i'r Gymraeg? Onid y bwlis ar-lein oedd ar fai am gwestiynu ein hawl i ddefnyddio ein hiaith?

'Wha' you speakin' Welsh for?'

'Because I want to.'

Falle bod y tri dyn mewn siwt yn Llundain yn chwilfrydig ynglŷn â'n hiaith ni ugain mlynedd 'nôl, ond hyd heddiw mae yna eraill yn dal i fychanu. Falle taw diffyg dealltwriaeth sydd wrth wraidd y broblem? Falle taw eiddigedd sy'n gyfrifol – ond un peth sy'n sicr, dwi'n gwrthod bod yn fud am fy Nghymreictod bellach.

Eurig Salisbury

LLEISIAU BEIRDD YR OESOEDD CANOL

Pan aeth dyneiddwyr y Dadeni Dysg yng Nghymru ati i adfywio bywyd diwylliannol y genedl o *c*. 1550 ymlaen, un mesur o safon y troesant ato dro ar ôl tro oedd barddoniaeth yr oesoedd canol. O William Salesbury i John Davies o Fallwyd, troi a wnaent at gyfoeth y farddoniaeth a luniwyd rhwng 1100 ac 1500, gan mai yno, fe fynnent, yr oedd yr iaith i'w gweld ar ei gorau.

Mae barn y dyneiddwyr wedi dal ei thir. Rhoddir bri hyd heddiw ar gerddi oes y tywysogion a'r uchelwyr, cyfnod o bedair canrif y datgenir yn eu cwrs ddyfodiad y Gymraeg ar lwyfan llenyddol y byd. Dyma oes Cynddelw Brydydd Mawr, Gruffudd ab yr Ynad Coch, Dafydd ap Gwilym, Iolo Goch, Guto'r Glyn, Lewys Glyn Cothi, Dafydd Nanmor, Gwerful Mechain a Thudur Aled, enwogion hyd y dydd hwn y mae nifer o'u cerddi'n gonglfeini i'n diwylliant.

Ac ystyried eu pwysigrwydd, fodd bynnag, mae'n hawdd anghofio pa mor agos y daethpwyd at golli llawer iawn ohonynt. Yn wir, *fe* gollwyd y rhan fwyaf o gerddi'r oesoedd canol. Dyna'r gwir ofnadwy: diflannodd miloedd o gerddi, ac nid yw'r hyn a oroesodd ond cyfran fechan o'r cyfan a luniwyd rhwng dyfodiad y Normaniaid a sefydlu'r Deddfau Uno. Nid pob peth a gofnodwyd ar femrwn neu bapur yn y lle cyntaf, ac am yr hyn a roddwyd ar glawr, saff dweud fod y rhan fwyaf ohono naill ai wedi ei ddifa gan dân, ei ddifetha gan ddŵr neu ei fwyta gan lygod. Peidiwch â meddwl yn rhy hir am y peth rhag methu cysgu'r nos!

Eto i gyd, er gwaethaf pob rhwystr, fe ddiogelwyd llawer iawn o destunau, ac mae a wnelo diddordeb mawr y dyneiddwyr yn y cerddi gryn dipyn â hynny. Yn sgil eu llafur hwy a llawer o'u blaen, cofnodwyd corff sylweddol o waith sy'n dangos hoffter mawr y Cymry o farddoniaeth, onid eu hobsesiwn â hi. Yng ngeiriau Barry Lewis, llwyddodd Cymru, gwlad fach a chyfyng ei hadnoddau ochr yn ochr â'i chymdogion agosaf, i 'gynhyrchu barddoniaeth ar raddfa sy'n ymylu ar fod yn ddiwydiannol'. Sut, felly?

Un ateb yw'r ffaith fod barddoni bryd hynny'n alwedigaeth. Hon oedd oes aur y bardd proffesiynol. Gallai bardd gysegru ei amser i'r busnes o greu cerddi ac, fel ym mhob proffesiwn, telid iddo am ei waith. Roedd y tâl yn aml yn ddigon i'w gynnal, gan fod y sawl a'i talai'n eistedd ar haenau uchaf y gymdeithas. Cyn cwymp y tywysogion yn 1282, gallai uchelgais bardd ei gludo i neuaddau uchaf y wlad yn llysoedd y tair prif deyrnas, Gwynedd, Powys a Deheubarth. Diogelid ei le yno drwy gyfraith, a châi glust y bobl rymusaf yn y tir: Gruffudd ap Cynan, Madog ap Maredudd, yr Arglwydd Rhys, Llywelyn Fawr a Llywelyn ap Gruffudd. Sonnir mewn un gerdd am dâl a gawsai'r bardd am dwrn o waith sydd heddiw'n cyfateb yn fras i ddeunaw mil o bunnoedd yn ein harian ni.

Roedd beirdd y cyfnod hwnnw – Beirdd y Tywysogion, neu'r gogynfeirdd – yn bencampwyr ar drin iaith, ac yn aml fe wthient eu meistrolaeth ohoni i'r eithaf. Galwai mawredd ffurfiol y llysoedd am goethder a ffurfioldeb mynegiant, ac ymhyfrydent yn eu gallu i ddefnyddio arddull fwriadol hynafol ac astrus. Ystyriwch y pedair llinell hyn o awdl fawl gan Gynddelw Brydydd Mawr, y mwyaf o Feirdd y Tywysogion, i Dysilio, nawddsant Powys, a ganwyd tua 1156–60:

> Perchen côr, cerdd wosgor wasgawd,
> Ced wasgar, cas llachar lluchnawd,
> Lluch faran, lluchfan ei folawd,
> Arfoliant urddiant urdd enwawd.

Prin yw'r geiriau sy'n gyfarwydd i ni heddiw ac, er y buasai'r gynulleidfa wreiddiol yn gyfarwydd iawn â'r ieithwedd, mae'n anodd credu y buasent hwy, hyd yn oed, wedi dal ystyr pob un gair a chymal yn yr awdl faith, sy'n ymestyn i 242 o linellau. Na, nid dyna oedd bwriad Cynddelw, i bob golwg, ond yn hytrach greu ymdeimlad cynyddol o fawredd rhyfeddol.

Daw'r dyfyniad â ni at agwedd hanfodol ar ganu'r oesoedd canol, sef y gynghanedd. Gwelir holl elfennau'r gynghanedd fel y defnyddir hi heddiw, ond maent yn anghyflawn ac yn y drefn anghywir. Gair o gyngor, serch hynny: peidiwch â dweud hynny wrth Gynddelw! Mae'n

---

Awdl Cynddelw i Dysilio, Llyfr Coch Hergest

hynn allueuthan i. beth allmaethottr.
nuo aust keli. ri tett ved yna. Bot glein
ovt peraut. ynerb yn trindaut. rac trallaut
pechaut. aduiault diua. Gvae hynt y keby
opon. ar hochet ovnpon. ar camblyon.
nyt adollta. Gvelet eu niaoeu. dros eu
camlleden. yn uffern boeneu. beuut
guoua. A gvelet myntet y nef ogonet.
y saul a guffet. ar y gyfkuryf va. Ygan
lettienyo y lles nyoeruyo. yntragyvyo.
ryo rat gymannua. A me≠.

Cam tvtllvav yo hvo. kynddlo dovarth...

Duh oinde oiuas tagheuro. duh dy na
vo nam karo ynkamlleo. duh d
erh voevrhi teyrneo. teyruas lletra chas
ikriouro. Duh amobe ymooxgpu suuy
oeo yik lkennlltat yb rat yb xxo. yn
elich yulveoveh ynheo. ynhoobyaut yn
habo varamuheo. ac eilvo eilvoo gyby
ao. areilvre eilde oryganeo. agraubyf
ymrbyf ou vaciueo. raygor uam rat
ram ragyrllvo. Gysllivath tevlbyn gyh
rvlleo. parth am nabo eorabo aorylleo.
pers uer or niuer naoreo. praff duber
dibyat amirylleo. avab garoun avouic
nabreo. vabohyaeth ariuolyaeth lkaveo.
avab brochuad broun hael habl orneo.
gyrpu nef yn euvo vyo ouoeo. avat gyvch
avo garehar alleioeo. kyvch kyllavn kylle
oifrveo. avat gynuerth aruab yvab yrvdt.
pvf obvoy obvpu trugareo. uiat ganet o
geuedyl uoueo. vabvlleoie vabvllat tyll
ueo. vat goveu niaoeu marthoeo. Ae y
ouv oiofrvt yvofrvt gvvrageo. Gbevie ermh
avc auulkar ytlivolleo. ae trevobys butrvy
cumluveo. Naun uechaun yvchot y berheo.
Naun yuvouy challeo. Dy ayabl bobyl ny
berthaut iabuilleo. Iabu yokvs oiuaub eu
reveo. Arvubryt eukeaoabe/uuleo. aegve
ryt acef ae gouieo.   kevabl uo kaoell ea
ueo. cuidir coz yn   rayov haeloueo.

kreoluo ozeic orazon gynnadieo. callau
caru areuloueo. karet bvob keruoby oilleo.
kerennyo kynn kervo kareo. kerrvor vrgoevo
vgbynue   yn yt gur gvvr gvsauar gvuuilleo.
Caraf ylau arllen gangavreo. ger vuae
gvvouarvh veh gbvneo. gvvouitie gbvobe
gleb o achlleo. gvvo vvrnilkent gyvoua
brenhiueo. Beivo neuet niuervvr ozleo.
vreil abozth ehovth ehofiueo. braulkavc loe
leiuoir kryauuilheo. meuiot lkenn. nyt
meillyr ae iueo. kynddlo a criiat   byvo

Qfie meo. dys treio yrgereiut. uvs ae
vet trekivet y trilleiut. uivy puoi go
eri gdioltervheiut ybalchuavo. uoc aiura
bt iuareiut. ae balchlaim y irevyt roug
ybalchneiut. ae balchivy: ae balchláiu tes
feiut. debalchlsvs eglbvo eghvruveiut.
ae balchivo aebalch rvo traiueiut. Ae
balch áiu yu abr yudrkeiut. ae balchigo:
heb achor echdireiut. aebalch offeiryat ae
hoffeuiveiut. depharavt offeren hoffeiut.
Balch y bagrl bagvby eur yheuuveiut.
valch y lloc rac ylikeuryeiut. aubebie
yrbleit ablyc heiut. affeukeeu apheiyuet
llvffeiut. athan poen porthveo oigofyeiut.
uffern lkeru tiavyf y heuneiut. kynu ae
uat eruvobeo divthbeiut. kvth yf vvthyvik
ikvth yfikymeiut. kynu ergryf peuyt
poenobeiut. porthliiy: ouh poet byut vrg
ikereiut. Pan vovavy paubvvf heb heueiut.
vivet lkelkr oegiuilbyo arhugeiut. pauda
kravt rac broun uchelleiut. acurvoby creau
ovz kyreuveiut. kynn uiiniueu kynmybers
gyfkreiut. kynddlo hvf kryubellkek obreiut.
lkevo ueilzyo ymrvehvo rygeiut. kem alk
eiiu grann aikel bylkeiut. ≈≈≈

Pylgreueu raoeu amrovr. voo rbyo gall
rvoyo gutvr yrgeiur. Caiu ozeic bryoe
iu ilbzyoir. obrvoer berthualeh yt bevrhir.
berth vuiae meuiot ae hauiovir. berth eluvo
rac eluet eiuulkir. berth ylloc vzeh lleu baliur.

demtasiwn ystyried addurn geiriol y gogynfeirdd fel ffurf annatblygedig ar y gynghanedd, ond buasai'n well ei weld fel un wedd ar grefft sydd hyd heddiw'n parhau i newid yn unol â gofynion yr oes.

Fel yr awgryma'r gair 'cynghanedd', sef 'harmoni', ar lafar y canai Cynddelw a'i gymheiriaid eu cerddi i gyd, yn ôl pob tebyg i gyfeiliant telyn. Mae'n anodd credu iddynt lwyddo i gyfansoddi cerddi mor hir a chywrain yn y meddwl, heb gymorth pensel na phapur na sgrin, heb sôn am berfformio'r cyfan ar y cof, ond dyna a wnaent. Hawdd anghofio heddiw, a ninnau'n dirprwyo fwyfwy'r gwaith o gadw gwybodaeth i gronfeydd digidol yn y cymylau, pa mor rymus y gall y cof fod. Byd llafar, i raddau helaeth iawn, oedd byd y beirdd, ac roedd y cof yn gystal cadwrfa â'r un, os nad yn well, i ddiogelu trysorau'r genedl.

Byd llafar i raddau helaeth, ond nid yn llwyr – cofnodwyd ar femrwn o leiaf rai o'r cerddi hyn, efallai'n ffurfiol fel mater o gwrs yn llysoedd y tywysogion ryw gymaint o amser ar ôl eu perfformio. Os felly, dygwyd y copïau hynny ynghyd rywdro wedi cwymp Llywelyn, y tywysog olaf, yn 1282, rhag i flaenffrwyth yr oes a ysgubwyd o'r neilltu ar amrantiad fynd ar ddifancoll llwyr. Cynnyrch y gwaith casglu hwnnw a welir yn Llawysgrif Hendregadredd, a luniwyd gan fynachod yn abaty Ystrad-fflur, efallai, rhwng tua 1300 ac 1350. Heb y llyfr hwnnw a'r testunau a gofnodwyd yn ddiweddarach yn Llyfr Coch Hergest, buasai'r hyn a wyddom am ganu'r gogynfeirdd yn denau druenus.

Bardd a fuasai wedi adnabod y mynachod yn sgriptoriwm Ystrad-fflur, mae'n siŵr, oedd Dafydd ap Gwilym, yr enwocaf o holl feirdd yr oesoedd canol. Etifeddodd Dafydd ddulliau'r gogynfeirdd a'u haddasu hefyd, yn benodol ar fesur newydd y cywydd. Ef ei hun, yn ôl pob tebyg, a fu'n bennaf cyfrifol am ddatblygu'r cywydd a'i boblogeiddio, a rhaid bod a wnelo llawer o apêl y mesur â'r ystwythder mynegiant a ganiatâi mewn cymhariaeth â stiffrwydd cnotiog y cerddi i'r tywysogion. Ystyrier y llinellau hyn o'i gywydd enwog a beiddgar i ferched Llanbadarn, lle ceir cymysgedd byrlymus o linellau cynganeddol a digynghanedd:

Ni bu Sul yn Llanbadarn
Na bewn, ac eraill a'i barn,
A'm wyneb at y ferch goeth
A'm gwegil at Dduw gwiwgoeth.
A chwedy'r hir edrychwyf
Dros fy mhlu ar draws fy mhlwyf,
Syganai* y fun befrgroyw   *dywedai
Wrth y llall hylwyddgall, hoyw:

'Godinabus fydd golwg –
Gŵyr ei ddrem gelu ei ddrwg –
Y mab llwyd wyneb mursen
A gwallt ei chwaer ar ei ben.'

Dweud stori y mae Dafydd am lygadu'r merched yn yr eglwys yn hytrach nag addoli Duw, a chael ei watwar gan y merched wedyn am ei drafferth. Rydym yn nes o lawer bellach at iaith lafar y cyfnod, ond rhaid peidio â cholli golwg ar y ffaith fod Dafydd, fel Cynddelw o'i flaen, yn grefftwr geiriau o'r radd flaenaf, ac yn llwyr gyfarwydd â chymhlethdodau'r iaith.

Yn wir, mae'r gallu i chwarae ag ystyron geiriau, gan gyfleu mwy nag un ystyr ar yr un pryd, yn nod amgen ar farddoniaeth Dafydd. Arwydd o'i athrylith fel bardd yw hynny, yn sicr, ac arwydd hefyd o sefyllfa fwyfwy amlieithog Cymru'r bedwaredd ganrif ar ddeg. Siaredid Lladin, Ffrangeg a Saesneg yn ogystal â Chymraeg, ac mae'n debygol fod Dafydd, fel llawer o'i gyfoeswyr, yn medru mwy nag un iaith a oedd, o ganlyniad, yn ei glymu'n agos â byd llenyddol Prydain a chyfandir Ewrop. Mae'n bosib fod y gerdd 'Hwsmonaeth Cariad', lle cymherir ymdrechion gofalus y carwr â llafur yr amaethwr, wedi ei hysbrydoli gan y gerdd Ffrangeg *Le Roman de la Rose*, ac ynddi fe welir Dafydd yn chwarae ag ystyron y gair 'bron'. Cyfeiria ar yr un pryd at ei fron ei hun, sy'n diogelu ei galon a rwygid allan yn dreisgar gan y ferch nad yw'n ei garu, ac at fron yn yr ystyr 'bryn' lle gwna'r amaethwr ei waith:

Arddwyd y fron ddewrlon ddwys,
Onengyr* ddofn, yn ungwys.   *gwaywffon onnen
Y swch i'm calon y sydd
A chwlltr y serch uwch elltydd.
Ar y fron ddeau, glau glwyf,
Hëu a llyfnu llifnwyf,
Ac aradr cyweirgadr call
I frynaru'r fron arall.

Dewis addas iawn oedd rhoi geiriau Dafydd, 'iaith oleulawn', iaith gyflawn i oleuo'r meddwl, yn deitl ar astudiaeth ddiweddar Dafydd Johnston o'r defnydd arbennig a wnaeth y bardd o iaith. Yng ngeiriau Dafydd yr ysgolhaig, canai Dafydd y bardd 'farddoniaeth gyfrwys a soffistigedig dros ben sy'n amlygu natur lithrig ei hiaith ei hun'.

Mae cerddi Dafydd yn uchafbwynt yng nghanu'r oesoedd canol, a phrin y gallai neb a ddaeth ar ei ôl ddal cannwyll iddo fel pencampwr ieithyddol yn y canu serch. Fodd bynnag, mae'r cyfnod a ddechreuodd gyda Dafydd, cyfnod Beirdd yr Uchelwyr – neu'r Cywyddwyr, gan mai ar

Eglwys Llanbadarn Fawr ger Aberystwyth

fesur y cywydd y canent gan amlaf – yn oes aur ar ei hyd o ran safon ac amrywiaeth y cerddi ac, erbyn y bymthegfed ganrif, o ran nifer y cerddi sydd wedi goroesi.

Yn wleidyddol, roedd hwn ar brydiau'n gyfnod ansefydlog iawn. Ychydig dros ganrif wedi lladd Llywelyn ap Gruffudd, cododd Owain Glyndŵr faner gwrthryfel yn 1400, gan lwyddo am gyfnod byr i sefydlu gwladwriaeth Gymreig annibynnol. Hon oedd ymgais olaf y Cymry i ymryddhau'n wleiddyddol oddi wrth Loegr drwy rym arfau, ac nid yw'n syndod i'r gwrthryfel fethu yn y pen draw yn wyneb grym enfawr Lloegr a'i hadnoddau milwrol ac economaidd helaeth. Effaith y methiant hwnnw, ynghyd â choroni'r Cymro Harri Tudur yn frenin Lloegr ar faes Bosworth yn 1485, gan ddod â Rhyfeloedd hir y Rhosynnau i ben, oedd tynhau bron yn ddiddatod y cysylltiadau rhwng y ddwy wlad. Roedd y beirdd yn effro iawn i'r gwrthdaro gwleidyddol a effeithiai ar eu noddwyr, gwŷr yr oedd yn rhaid iddynt droedio'n aml lwybr cul rhwng delfrydau'r genedl Gymreig a *realpolitik* y drefn Seisnig a lywodraethai'r wlad. Ceisio ffynnu orau y medrent o dan y drefn newydd a wnâi'r uchelwyr, gan adael i'r beirdd, ar y cyfan, y gwaith o gynnal yn eu canu ddelfrydiaeth y Cymry a'u hannibyniaeth ddiwylliannol.

Daw'r cyfeiriad at Owain Glyndŵr â ni at un arall o feirdd mawr yr oesoedd canol, Iolo Goch, a ganodd nifer o gerddi i Owain cyn y gwrthryfel ac un gerdd, yn ôl pob tebyg, yn ystod y brwydro hefyd. Ei gerdd enwocaf i Owain yw'r cywydd mawreddog i'w lys yn Sycharth, a ddarlunnir fel paradwys yn llawn bwyd, diod, gwaith pren crefftus a ffenestri gwydr hardd, a'r cyfan o fewn golwg i barc ceirw, llyn pysgod a chaeau ŷd. Mawr oedd y croeso yno i feirdd, fel y gwelir yn y tri chwpled eiconig hyn:

Anfynych iawn fu yno
Weled na chliced na chlo,
Na phorthoriaeth ni wnaeth neb;
Ni bydd eisiau, budd oseb*,   *rhodd
Na gwall na newyn na gwarth,
Na syched fyth yn Sycharth.

Cywydd Iolo Goch i Sycharth, Llawysgrifau Peniarth

I ni heddiw sy'n gwybod am dynged y llys, mae'r gerdd yn gymysgedd chwerwfelys o ddelfryd ac o alar. Fis Mai 1403, pan oedd Owain wrthi'n arwain ei fyddin yn nyffryn Tywi, daeth mab brenin Lloegr – Harri V maes o law – i Sycharth a'i losgi i'r llawr. Ond fel y digwyddodd drosodd a thro yn hanes Cymru, mae cerdd Iolo'n ein galluogi i ailgodi'r gorffennol yn y dychymyg.

Mae'r cywydd i Sycharth yn nodedig am reswm arall hefyd, gan mai hon yw'r enghraifft gyntaf o fath newydd o gerdd a ddaeth yn boblogaidd yn y bymthegfed ganrif, sef y gerdd fawl i adeilad. Wrth i uchelwyr ar hyd a lled y wlad geisio adfer eu bywydau wedi'r gwrthryfel, naill ai drwy ailgodi llysoedd a losgwyd neu drwy eu hadnewyddu'n unol â ffasiwn yr oes, daeth cyfleoedd lu i'r beirdd ganu i fendithio'r adeiladau ar gerdd. Mae cerdd gan Guto'r Glyn i lys newydd Moeliwrch, cymdoges i Sycharth a losgwyd gyda hi ac a ailgodwyd rai degawdau wedyn, yn enghraifft nodedig o'r *genre*.

Mae'r canu i adeiladau'n dangos gallu cynyddol y beirdd i ehangu eu *repertoire* y tu hwnt i'r canu mawl a marwnad traddodiadol, gan droi'n *entrepreneurs* a arbenigai ar drin iaith er mwyn cyflawni dymuniadau eu noddwyr. Math arall o gerdd nid annhebyg i'r gerdd fawl i adeilad yw'r gerdd fawl i dref, a cheir yr enghraifft gynharaf ohono wrth enw Dafydd ap Gwilym, a ganodd fawl i dref Niwbwrch ym Môn. Rhaid aros o leiaf ganrif, tan tua 1460, cyn canu'r nesaf ar glawr, sef cywydd mawl gan Guto'r Glyn i dref Croesoswallt. Mae'n eglur fod safle Croesoswallt ar y gororau a'r ffaith nad oedd, yn wahanol i lawer iawn o drefi Cymru, yn drefedigaeth Seisnig a sefydlwyd yn sgil y goncwest wedi ei gwneud yn lle delfrydol i Gymry ymgartrefu. Cafodd Guto fyw yno fel bwrdais yn ddi-dâl yn gyfnewid am ganu'r gerdd a oedd, mae'n sicr, yn hysbyseb ddi-ail i'r dref a fuasai wedi denu ymwelwyr a masnachwyr yn ei sgil. Daeth rhes o feirdd eraill – Tudur Aled, Wiliam Llŷn, Siôn Cain ac eraill – i ganu mawl i'r dref ac i ymgartrefu ynddi dros gyfnod o ddwy ganrif ar ei ôl.

Genre arall sy'n dangos mentergarwch y beirdd yw'r cerddi gofyn a diolch, lle gofynna'r bardd i'w noddwr am rodd naill ai ar ei gyfer ef ei hun neu, fel dull a agorai lwybrau nawdd newydd, ar ran noddwr arall.

Ceir yn y cerddi hyn lawer o ganu mwyaf diddorol y cyfnod gan eu bod, yn sgil y sylw manwl a roddai'r beirdd i'r rhoddion y gofynnid amdanynt – techneg a elwid 'dyfalu' – yn ffenestr werthfawr ar ddiwylliant materol yr oesoedd canol nas ceir mewn ieithoedd eraill.

Yn ogystal â'r dillad, yr offer, y dodrefn a'r anifeiliaid a feddai'r uchelwyr, tynnai'r beirdd sylw hefyd o dro i dro at eu cyfoeth diwylliannol. Mewn cywydd gan Lewys Glyn Cothi i ddau frawd yn nyffryn Tywi, Henri a Llywelyn ap Gwilym, ceir darlun hyfryd o'r bardd a'i ddau noddwr yn cyd-ddarllen llawysgrifau dros win y wledd:

> Yfed eu gwin, rhyw fyd gynt,
> Ym mhob awr ym a berynt,
> A manegi, myn Iago,
> Ystoriâu Brutus o Dro,
> A hen gerdd, a henwau gwŷr
> A rhieni* yr henwyr.   *cyndeidiau

Yr un yw'r diddordebau a rannai Guto'r Glyn a'i noddwr Rhys ap Siancyn o Lyn-nedd, lle dywed Guto iddo gael ei gyfarwyddo gan Rys ynghylch hanes Prydain, bucheddau'r seintiau, achau'r tywysogion, y Trioedd, chwedlau ac, yn olaf, yr hen farddoniaeth:

> Clybod* a gwybod o gwbl**   *clywed   **yn drylwyr
> Gwawd* Cynddelw, gwead ceinddwbl.   *canu
> Oes uncorff, Rys ap Siancyn,
> Arall hael a ŵyr oll hyn?
> Nac oes, gywiwfoes gyfun,
> Yn y tir onid dy hun.

Gyda'r cyfeiriad hwn at gywreindeb cerddi Cynddelw, deuwn yn ôl at ddechrau'r cyflwyniad hwn i ganu'r cyfnod, ond fe roir y gair olaf i Dudur Aled, olynydd pennaf Guto a bardd y mae ei waith yn cynrychioli uchafbwynt oes aur o farddoni rhwng tua 1435 ac 1535 a alwyd gan

Saunders Lewis yn Ganrif Fawr. Drwy gydol y ganrif honno, fe welir yn arddull y beirdd duedd i wneud llai a llai o ddefnydd o'r gynghanedd sain, a mwy a mwy o'r gynghanedd groes. Gwelir y duedd ar waith yng ngherddi Guto, a fu farw mewn gwth o oedran tua'r flwyddyn 1490. Roedd ei ganu, yng ngeiriau ei farwnadwr Gutun Owain, 'fel mêl', ond gellid dadlau bod arddull Tudur Aled, ar y llaw arall, yn debycach i driog – peth digon melys, o gael dogn fach ohono, ond fe allai gormod eich tagu! Er gwell neu er gwaeth, mae cywyddau Tudur yn gywreinbethau dyrys sy'n cloi pob gair yn ei le mewn patrwm cymhleth o gyfatebiaethau na lwyddodd neb llawer i ragori arno na chynt na chwedyn. Buasai Cynddelw, os neb arall, wedi ei gymeradwyo'n wresog.

Diogelwyd copïau o gerddi Guto, Tudur ac eraill yn eu miloedd gan genedlaethau o ysgrifwyr a sylweddolai nid yn unig eu gwerth llenyddol ac ieithyddol, ond hefyd y ffaith eu bod yn cynrychioli ffordd o fyw a oedd yn prysur ddiflannu. O dipyn i beth, daeth y gyfundrefn farddol i ben, a hynny am nifer o resymau, nid yn lleiaf am fod yr haenau uchaf yn araf Seisnigo. Cyfrannodd y dyneiddwyr a gofnodai'r farddoniaeth at y gwaith o warchod cyfoeth diwylliannol yr oesoedd canol lawn cymaint â'r gwaith o'i chloddio am drysorau ieithyddol.

Rhan o genhadaeth y dyneiddwyr oedd dod â chyfoeth y farddoniaeth i olau dydd er mwyn galluogi eu cydwladwyr i'w ddeall o'r newydd. I raddau helaeth, mae'r gwaith mawr hwnnw'n anorffenedig hyd heddiw. Yn sgil gweithgarwch ysgolheigaidd digyffelyb yn y maes dros yr hanner canrif diwethaf, gellir dweud yn hyderus fod y rhan fwyaf o'r hyn a ganwyd cyn 1400 bellach wedi ei olygu i safon uchel ac ar gael yn weddol hawdd, ond gellir dweud yr un mor hyderus fod y gwrthwyneb yn wir am yr hyn a ganwyd ar ôl y flwyddyn honno. Erys miloedd o gerddi gan gannoedd o feirdd yn y llawysgrifau, yn aml heb fod neb wedi taro llygad arnynt o ddifri ers canrifoedd, a'r gobaith yw y daw cenhedlaeth newydd o ymchwilwyr i'w dwyn i olau dydd. Yn y cyfamser, gallwn fod yn sicr fod i leisiau beirdd yr oesoedd canol le canolog yn stori fawr ein hiaith.

TU HWNT I'R
TUDALENNAU

Dwi ym Mhen y Gwryd, wrth droed yr Wyddfa, a fedra i'm gweld llawer pellach na 'nhrwyn. Mae mwrllwch y gaeaf yn glynu at y pafin wrth i mi lusgo'n araf tuag at y gwesty – lloches i ddringwyr ers i rywun roi cnoc ar ddrws ffermdy John Roberts ym 1810, a gofyn am damaid i fwyta. Fe alla i glywed hofrenydd uwch fy mhen sy'n ymddangos o'r niwl am ennyd cyn diflannu tuag at Nant Gwryd oddi tana i. Prin y galla i weld er mwyn croesi'r ffordd, heb sôn am edmygu'r mynyddoedd. Mae'r Wyddfa yma'n rhywle, ond does dim ots: dwi ddim yma i'w gweld hi. Dwi yma i weld llyfr.

Mae llyfr ymwelwyr Pen y Gwryd yn ddiogel y tu ôl i'r bar y dyddiau yma: cyfrol ledr solet, wedi'i mireinio yn nwylo cenedlaethau o ddringwyr. Yn ei dudalennau mae hanes mynydda yng Nghymru. Mae'r mynyddoedd wedi bod yma ers rhyw hanner biliwn o flynyddoedd – ond aiff y llyfr yma â ni 'nôl ddigon pell, cyn bodolaeth y Parc Cenedlaethol, y sgrym boreol yn *Pennie Parse*; mae'n hŷn na'r priffyrdd a'r môr o siacedi Rab i lawr yn Llanbêr.

Aiff y llyfr yma â ni 'nôl i amser pan oedd 'yr awyr agored' yn fan lle byddai'r rhan fwyaf yn mentro oherwydd bod angen – a'r 'diwylliant awyr agored' yn cynnwys llai o *ziplines* a mwy o ddefaid. Mae'r llofnodion enwog i gyd yma, yn nodi cysylltiadau'r gwesty â byd y mynyddwyr ac anturiau'r gorffennol. Ar y tudalennau cynharaf, fodd bynnag, dwi'n darganfod rhywbeth mwy diddorol, wedi'i sgriffinio'n blith draphlith. Yma, mae'r ymgais gyntaf i gofnodi llwybrau diogel trwy Eryri – wel, ymysg y cynharaf i'w cofnodi gan ymwelwyr, efallai.

Mae'n wanwyn a dwi 'nôl yng nghynefin llwydaidd Caerdydd, lle dwi'n gweithio efo llyfrau prin. Gydag allwedd y stacs yn fy llaw, gallaf ymweld â degau o filoedd o lyfrau o hanes Cymru. Ar y silff o dan y Llyfrau Gleision, mae copi o'r llyfr cynharaf o ganeuon gwerin Cymraeg. Nid ymhell o fanno, cawn ysgrifau mewn inc wedi'u sgrifennu gan rai o gewri'r genedl. Nid anaml y bydda i'n gosod cyfrol ar ei chlustog, yn ei hagor ac yn gweld llofnod sy'n synnu: John Dee, Iolo Morganwg, Gwenynen Gwent. Ymysg y cyfrolau Cymraeg, ceir detholiad bach o weithiau *duoglott* neu ddwyieithog – lle ceir y Gymraeg a'r Saesneg ochr yn ochr – a gwerslyfrau dysgu Cymraeg.

Yn fy nwylo y tro hwn mae darn prin o hanes yr iaith: *The Welsh Interpreter* – a ysgrifennwyd ym 1831 'for tourists who wish to make themselves understood by the peasantry during their rambles through Wales'. Braidd yn ffwr-bwt ydy'r brawddegau ynddo, os nad yn gyfan gwbl anghwrtais: 'Eilliwch fi'; 'Y mae arnaf fi eisiau fy mwtiasau, ydyn nhw'n lân?'. Mae 'diolch yn fawr' yn ymddangos yn y pen draw – ar dudalen saith deg dau.

Er eu bod wedi eu cyhoeddi yn gyfochrog, anesmwyth yw'r berthynas rhwng ein dwy iaith ar y tudalennau yma. Yn wir, trwy lens twristiaeth, gallwn weld yr hollt diwylliannol yn fwy eglur – wedi ei sgrifennu ar y tirlun, wrth i ymwelwyr hamdden a thrigolion ddod yn gymdogion dros dro. Er enghraifft, ysgrifennodd Lynn Dewing, teithiwr o Norfolk, am ei siom wrth ymweld ag Eryri ym 1819 – gan i grŵp swnllyd o fwyngloddwyr dorri ar draws ei fwynhad o'r wawr o gopa'r Wyddfa. Gallai darllenydd sinigaidd weld hyn oll yn dystiolaeth fod ein perthynas gydag ymwelwyr wastad wedi bod yn un annymunol. Ond efallai, o daro golwg mwy eangfrydig dros y ffynonellau, y gwelwn ni dystiolaeth o afael y tirwedd arnom ni i gyd, o ddiddordeb yn niwylliant ac iaith Cymru, a'r awch i ddod i adnabod ei thirwedd.

Mae'n hydref a dwi 'nôl ym Mhen y Gwryd. Mi wela i'r cyfan y tro hwn – yr Wyddfa a'i chriw yn eu holl ogoniant. Dwi'n dwrist yn fy ngardd gefn fy hun a dwi'n anniddig. Dwi wedi clywed rhyw ddwsin o *Bennie Parses* yn barod ac mae gen i dwitsh yn fy llygad. Er 'mod i'n siŵr fod teulu Dad wedi gweithio a chwarela nid nepell o fan hyn – bod 'na hanes go iawn o *berthyn* yma – dwi'n teimlo ar goll, yn un o'r dorf sy'n dod i sathru dros y Parc Cenedlaethol cyn dianc 'nôl i'r ddinas.

Dwi ar fin cwrdd â grŵp o gerddwyr sy'n debyg i mi – aelodau o gymuned Every Body Outdoors, sy'n ymgyrchu dros well dillad a chyfleon i bobol maint *plus* yn yr awyr agored. Mae 'na amryw o resymau pam nad ydw i'n teimlo bod y byd 'awyr agored' i mi – y cysyniad ei fod yn faes chwarae i ymwelwyr, yn sicr; ond yn bennaf, y ffaith nad oeddwn i, tan i ni ddechrau ymgyrchu, yn medru dod o hyd i gyfarpar fyddai'n fy nghadw'n saff ac yn sych wrth fentro.

Nid llyfr ymwelwyr sydd yn fy llaw y tro hwn, ond map manwl – enwau ffermydd a phegynau wedi'u dotio dros batrymau *abstract*, sydd yn araf bach yn dod yn fwy cyfarwydd a darllenadwy. Dros y dyddiau nesaf, byddwn ni'n tramwyo Eryri mewn cenllysg, heulwen a gwyntoedd cryfion. Mi fyddwn ni'n ymlwybro mewn tywyllwch dudew i syllu ar y sêr.

Ar ddiwrnod ola'r cwrs, fe fyddwn ni'n esgyn, gyda'n gilydd, i gopa'r Wyddfa – fel grŵp o gerddwyr maint *plus*. Mi fydda i'n wylo'n dawel wrth i mi gyrraedd y brig a gweld Cymru'n glir oddi tanon ni. Bydd rhyw siort o iaith gyffredin yn datblygu rhyngof fi a fy nghyd-gerddwyr hefyd. Wrth symud drwyddo, fe fydda i'n dysgu ffordd newydd o ddeall y tirwedd hwn – a mynd tu hwnt i'r tudalennau.

Nia Powell

'DEDDF UNO' 1536 A'R GYMRAEG

Ddechrau 1536 pasiodd senedd Lloegr ddeddf a elwir heddiw'n 'Ddeddf Uno'. Un o gyfres o ddeddfau'n ymwneud â Chymru a basiwyd yn ystod y cyfnod hwn ydoedd ac ymadrodd diweddar a ddefnyddiwyd gyntaf gan O. M. Edwards fel is-deitl yn ei gyfrol *Wales* (1901) oedd 'Deddf Uno'. Cydiodd y teitl.

Y teitl Saesneg gwreiddiol oedd *An Act for Laws and Justice to be Ministered in Wales in like Form as it is in this Realm*, geiriad nad yw'n awgrymu newid mor arwyddocaol ag uno ffurfiol rhwng dwy diriogaeth. Ei phrif amcan oedd creu trefn weinyddol fwy trefnus mewn tiriogaethau yr ystyriwyd eu bod eisoes, ers canrifoedd, o dan awdurdod brenin Lloegr. Cyflwynodd y prif gymalau drefn sirol i Gymru gyfan am y tro cyntaf gan roi i Gymru, yn y broses, ffin benodol. Eironi hyn yw mai 'Deddf Uno' 1536 a roddodd i Gymru ei harwahanrwydd a'i hunaniaeth ddaearyddol. Erbyn hyn, serch hynny, mae deddf 1536 o dan yr enw 'Deddf Uno' yn symbol o gaethiwo gwleidyddol a gwasgu ar hunaniaeth ddiwylliannol a ieithyddol Cymru yn ogystal.

Condemniwyd un cymal yn y ddeddf fel 'Y' peth a arweiniodd at amsugno Cymru gan Loegr trwy gychwyn, os nad bod yn brif achos, dirywiad yn statws yr iaith Gymraeg a lleihad yn ei defnydd. Daethai'r dirywiad hwn i'r amlwg fwyfwy yn negawdau cyntaf yr ugeinfed ganrif, a cheisiwyd canfod achos. Gan wneud 'yr iaith' yn symbol pwysig o hunaniaeth Cymru, awgrymodd Iolo Morganwg ganrif ynghynt fod cyswllt rhwng cynnydd yn y defnydd o Saesneg a deddfwriaeth 1536. Bwriwyd y bai yn fwy amlwg fyth ar y Tuduriaid a'u deddfwriaeth gan T. Gwynn Jones. Ym 1920, cyplysodd ef 'the complete extinction of [Wales'] political independence' gyda '[the] absorption of Wales by England', gan gynnwys ymdrech fwriadol i ddistrywio'r iaith a'i diwylliant. 'There was an end to the development of Welsh culture,' meddai, gan sôn am 'the Tudor attempt to complete the Anglicisation of Wales'. Geiriau cryfion a agorodd y drws i draddodiad hir o ystyried un cymal yn neddf 1536 fel prif achos hyn.

Pennai'r cymal hwnnw mai Saesneg fyddai iaith llysoedd cyfreithiol a chofnod, a rhaid oedd i swyddogion fedru'r iaith Saesneg i ddal swydd

o dan y llywodraeth. Dros y blynyddoedd cyflwynwyd dadleuon cryf sy'n ategu geiriau Gwynn Jones gan fynnu bod hyn yn rhan o bolisi bwriadol o ddadfreinio'r iaith Gymraeg a hybu Seisnigo. Pery cyhoeddiadau dylanwadol heddiw i bwysleisio'r elfen ormesol hon. Galwodd Geraint H. Jenkins y ddeddf yn 'Act of Assimilation' ac meddai erthygl olygyddol yn *Y Faner Newydd* (2024), 'Datganodd Deddf Uno 1536 yn gwbl glir a diamwys y bwriad i ddileu'r iaith Gymraeg yn llwyr'. Ar wefan Wales History y BBC, a luniwyd yn 2008 gan y diweddar John Davies, wedyn, datgenir gyda dirmyg hyderus, 'Those using the Welsh language were not to receive public office in the territories of the King of England'.

Ond beth am herio'r farn negyddol hon am y 'cymal iaith' a cheisio edrych ar ddylanwad y cyfnod ar y Gymraeg mewn golau gwahanol?

Wrth ystyried bwriad y ddeddf, y mae ei theitl Saesneg gwreiddiol yn arwyddocaol. Mesur ydoedd i wella effeithlonrwydd y peiriant 'llywodraethu' trwy gyflwyno trefn unffurf i Gymru gyfan – gwlad yr ystyriwyd ei bod eisoes yn rhan o diriogaethau'r goron – yn hytrach nag ymdrech fwriadol i ddifa'r Gymraeg fel y cyfryw ac amsugno Cymru'n rhan o Loegr. Fe ellid awgrymu, hyd yn oed, i'r ddeddf gryfhau hunaniaeth Cymru nid yn unig trwy roi diffiniad daearyddol iddi ond hefyd trwy'r dull gweinyddu a ddyfeisiwyd gan ymestyn y syniad o 'Dywysogaeth' fel endid o fewn ffiniau newydd.

Sut, felly, y digwyddai hyn? Mae cyflwyniad y ddeddf yn cydnabod fod pobl Cymru'n defnyddio iaith wahanol i'r Sais: 'The people of the same dominion have, and do daily use, a speech nothing like or consonant to the natural mother tongue used within this realm'. Mae'r gydnabyddiaeth hon yn bwysig. Nid oedd yma gondemniad agored o'r Gymraeg fel y condemniwyd Gwyddeleg yn Iwerddon yn nechrau'r 1540au neu y gwaharddwyd defnyddio Ffrangeg yng Nghalais, rhai o diriogaethau eraill brenin Lloegr ar y pryd. Yng Nghymru, os oedd gweinyddu i fod yn effeithiol, yr oedd yn rhaid i 'reolwyr' a'r sawl a 'reolwyd' allu cyfathrebu â'i gilydd; ac o gydnabod a derbyn fod iaith wahanol yn cael ei

---

Portread o T. Gwynn Jones (1871–1949)

defnyddio'n gyffredinol yng Nghymru, cynigiai'r ddeddf ateb nad oedd ar y pryd yn andwyol i'r Gymraeg.

Yr ateb oedd codi corff o swyddogion lleol a allai ddeall y *ddwy* iaith – y saesneg a'r Gymraeg. Hebddynt ni fyddai'r goron na'i sefydliadau gweinyddol wedi gallu gweithredu o gwbl. Hwy oedd y 'rhyngwyneb'. Mewn tiriogaeth lle cydnabuwyd mai Cymraeg oedd iaith arferol y rhelyw, yr oedd gallu swyddogion i ddefnyddio'r Gymraeg cyn bwysiced â'r gallu i ddefnyddio Saesneg. Y mae geiriad y frawddeg sy'n ymwneud â gallu ieithyddol swyddogion yn arwyddocaol: 'No person or persons that use the Welsh speech or language shall have, or enjoy, any manner office or fees within this realm of England, Wales or other the King's dominion upon pain of forfeiting the same offices or fees unless he, or they, use and exercise the speech or language of English'. Dyfynnir hyn yn aml fel cyfrwng gormes a difodi'r Gymraeg heb gyfeirio at y gair bach 'unless' – oni bai. I gyfathrebu gyda'r peiriant llywodraethu canolog, rhaid oedd medru Saesneg ond o fewn Cymru rhaid hefyd oedd medru'r Gymraeg, a chymerwyd hynny'n ganiataol. Canlyniad uniongyrchol hyn oedd rhoi grym sylweddol yn llaw carfan o lywodraethwyr newydd o Gymry â'u dwyieithrwydd yn gymhwyster hanfodol – medru'r Gymraeg a Saesneg, nid Saesneg yn unig. Nid dweud y mae'r cymal y byddai'r 'rheini a oedd yn siarad Cymraeg yn cael eu gwahardd rhag dal swydd', dim ond pennu fod yn rhaid iddynt hefyd fedru Saesneg.

Yr oedd swyddogion – siryfion, crwneriaid, ustusiaid heddwch ac ati – a benodwyd am y tro cyntaf o ganlyniad i'r ddeddf yn 1543, yn ddwyieithog o'r cychwyn, ac adlewyrchir hyn mewn dogfennau swyddogol ac archifau teuluol. Rhoddwyd tystiolaeth lafar yn y Gymraeg a'i chyfieithu'n uniongyrchol a'i chofnodi gan rai a oedd yn llythrennog yn y ddwy iaith. Gwelir hyn yng nghofnodion cynharaf Llysoedd Chwarter sir Gaernarfon 1542–43. Felly hefyd yng nghofnodion brawdlysoedd Cymru, y Sesiwn Fawr, erbyn diwedd y ganrif. Rhoddwyd llythrennedd dwyieithog ar waith pan oedd angen cofnodi'r union eiriau a ddywedwyd – swynion mewn achosion gwrachyddiaeth, er enghraifft – gan symud yn rhwydd o'r Saesneg i'r Gymraeg yn yr un llaw, ac ar yr un ddalen. Ar adegau, dilëwyd geiriau Cymraeg a gynhwysid yn wreiddiol mewn cofnod ar-y-pryd o dystiolaeth lafar gan roi'r gair Saesneg yn eu lle'n ddiweddarach. Ni allai ysgrifwr yn sir Ddinbych yn y 1590au, er enghraifft, gofio'r gair Saesneg am 'lloffa' wrth gyfieithu ar y pryd. Dilëwyd 'lloffa' wrth adolygu a rhoi'r Saesneg 'gleaning' yn ei le.

Nid peth anghyffredin, felly, oedd dwyieithrwydd – a llythrennedd dwyieithog – cyn deddf 1536. Rhoes y pencerdd Dafydd Nanmor nodyn yn yr iaith Saesneg ar ochr un o'i lawysgrifau yn ystod y 1480au ac yr oedd geirfa cerddi'r bymthegfed ganrif yn llawn o addasiadau Cymreig o eiriau Saenseg – fel 'ffwrment' am *furmenty*, 'saws' am *sauce* neu 'sent' am bersawr. Defnyddiai Tudur Penllyn, y bardd-borthmon a'r masnachwr gwlân o Feirionnydd, y geiriau 'pardwn', 'patent', 'concweriwr' a 'scwndid' (*safe-conduct*) yn ei waith. Yr oedd ef ei hun yn ddwyieithog yn sgil ei fasnachu ond cynhyrchodd hefyd gerdd o gwpledi Cymraeg a Saesneg bob yn ail, a hynny ar gyfer cynulleidfa a ddeallai ac a fwynhâi hiwmor dwyieithog. Nid y bardd ei hun yn unig oedd yn ddwyieithog, felly, ond y gymdeithas o'i gwmpas a hynny cyn cymal iaith deddf 1536. Efallai y dylid cofio, hefyd, mai dim ond un swyddog a heriwyd erioed am ddal swydd heb fedru'r Saesneg, sef Thomas Vaughan, crwner sir Faesyfed ac ustus heddwch, a gyhuddwyd mor ddiweddar â 1596 o fethu ysgrifennu, darllen na siarad Saesneg.

Os canodd Tudur Penllyn gerdd mewn Cymraeg a Saesneg, canodd Ieuan ap Rhydderch o Enau'r Glyn gerdd mewn Cymraeg a Lladin. Yr oedd cyfuniad o fedru iaith frodorol a Lladin yn gyffredin ynghynt yn yr oesoedd canol ac ymwybyddiaeth o Ffrangeg Normanaidd hefyd yn rhan o'r profiad Cymreig. Dywedir fod tad Ieuan yn hyddysg mewn Cymraeg, Lladin, Ffrangeg a Saesneg. Digwyddai rhyngbriodi a chymathu ac mae'n arwyddocaol mai un â chyfenw Seisnig, William Salesbury, oedd un o bennaf ysgolheigion Cymreig canrif y Tuduriaid. Yr oedd William Burchinshaw o Ddinbych a William Middleton, wedyn, ill dau'n feirdd o fri. Adlewyrchir y gwreiddiau cymysg hyn hefyd yn hanes Peter Mutton o Ruddlan, barnwr yn y Sesiwn Fawr, ac un a oedd yn llythrennog yn y Gymraeg.

Ffactor arall a hybai'r amlieithrwydd hwn oedd addysg. Er i ymgais Owain Glyndŵr i sefydlu prifysgolion yng Nghymru fethu ar ddechrau'r bymthegfed ganrif, mynychai Cymry ddwy brifysgol Lloegr, Caergrawnt a Rhydychen, gan gynnwys Ieuan ap Rhydderch ei hun a William Salesbury ac eraill wedyn. Yno yr oedd ieithoedd clasurol gan gynnwys Lladin, Groeg neu Hebraeg yn rhan o'u cynhysgaeth. Erbyn diwedd canrif y Tuduriaid, aethai rhai fel Siôn Dafydd Rhys a Gruffydd Robert i astudio ar gyfandir Ewrop a golygai cysylltiadau masnachol rhwng Cymru a'r cyfandir fod rhai o Gymry Penfro'n deall Portiwgaleg erbyn y 1520au.

Dengys y benthyg geiriau a'r amlieithrwydd allu'r Gymraeg i addasu a datblygu mewn cyfnod pan oedd ieithoedd brodorol Ewrop gyfan yn mynd trwy gyfnod o her a thrawsnewid sylweddol. Yr oedd Lladin, *Lingua Franca*'r oesoedd canol, iaith dysg, crefydd, y gyfraith a gweinyddu, hithau'n wynebu her wrth i dwf cenedl-wladwriaethau hybu'r defnydd o ieithoedd brodorol rheolwyr. Ond dyma gyfnod hefyd a welodd flodeuo mewn addysg seciwlar a'r awch i chwilio am 'wirionedd' – *lux veritatis* – cyfnod mynd at wreiddyn y mater. Gwelwyd awydd i drefnu a rhoi strwythur i iaith, bywyd a'r bydysawd ei hun gan herio hen syniadau a chredoau. Yn llawforwyn i hyn gwelwyd chwyldro cyfathrebu yn Ewrop gyda dyfodiad y wasg argraffu symudol i Wittenberg yn y 1440au. 'Dadeni' yw'r enw a roddwyd i'r blodeuo deallusol hwn.

Agwedd arall ar hyn oedd chwyldro crefyddol y cyfnod trwy ddiwygiadau Luther, Zwingli, Calvin a'u cymrodyr. Roedd Cymru'n rhan o'r byd newydd hwn er ei bod ar eithafion gorllewinol Ewrop. Daeth ymddatod oddi wrth y Babaeth a sefydlu eglwys ddiwygiedig, a roddai bwys ar ddealltwriaeth grefyddol yr unigolyn, yn rhan o'r drafodaeth yn nheyrnas Lloegr ac yn sail i sefydlu eglwys Anglicanaidd wladol yno, sef Eglwys Loegr. Hi, hefyd, fyddai eglwys wladol, swyddogol Cymru.

Os ysgogwyd Luther i gyfieithu'r ysgrythurau i'r Almaeneg er mwyn goleuo gwerin yr Almaen a meithrin crefydd newydd, yr un bwriad oedd wrth wraidd ymdrechion William Salesbury a William Morgan yng Nghymru. Daeth trosi'r ysgrythurau i'r Gymraeg a'u hargraffu ym 1567 a 1588, a llunio Llyfr Gweddi Gyffredin yn y Gymraeg ym 1567, â'r iaith yn rhan ganolog o fywyd Cymry'r cyfnod mewn gweithgarwch a awdurdodwyd gan y wladwriaeth ei hun. Sicrhawyd hynny trwy ddeddf seneddol ym 1563 tan arweiniad Richard Davies, esgob Protestannaidd Tyddewi, gan wneud y Gymraeg yn iaith gwasanaethau ym mhob plwyf lle'r arferid yr iaith, sef y rhan helaethaf o Gymru. Yn y canrifoedd dilynol daeth trafod crefydd trwy gyfrwng y Gymraeg yn elfen ganolog mewn llenyddiaeth gyhoeddedig, a'r awydd i ddarllen y Beibl yn rhan annatod o ddatblygiad llythrennedd ymhlith Cymry o bob gradd. Porthwyd hyn gan gyhoeddi Beibl 'poblogaidd' ym 1630 trwy ysgogiad yr Esgob Richard Parry o Lanelwy a John Davies, Mallwyd, gramadegydd a geiriadurwr disglair a fu'n cynorthwyo William Morgan ei hun. Hwn oedd y 'Beibl bach', neu'r 'Beibl coron', am mai dim ond 5/- oedd ei bris – sef cyflog mis i lafurwr. Daeth hyn oll â'r iaith Gymraeg mewn print i aelwydydd Cymru a bu hyn, fel y bu clywed Cymraeg croyw yn gyson yn yr eglwys, yn allweddol i barhad y Gymraeg.

Cyfrannodd y Dadeni at gryfhau'r Gymraeg mewn meysydd y tu hwnt i grefydd. Adlewyrchiad o'r awydd i ddadansoddi a rhoi trefn a strwythur i iaith oedd geiriadura cynnar, llunio gramadegau i'r iaith a chasglu doethinebau er mwyn cyfoethogi mynegiant. Do, cwynodd Gruffydd Robert o Wynedd, cyffesydd Carlo Borromeo, Archesgob Milan, am yr hyn a ysytriai'n her i'r Gymraeg wrth i oslef Seisnig lurgunio iaith lafar Cymry a deithiai tua Lloegr, ond yr oedd ei ddadansoddiad meistraidd o deithi'r iaith yn ganllaw i'w pharhad. Gwnaeth hyn wrth gyflwyno'r *...rhann gyntaf i ramadeg Cymraeg* (1567). Yr un oedd ysgogiad gramadegwyr eraill fel Henry Salesbury a'i *Grammatica Britannica* (1593) neu Siôn Dafydd Rhys o Fôn, a gyhoeddodd ei ramadeg Cymraeg yntau ym 1592 gyda nawdd teulu Stradling o Forgannwg. Roedd mireinio mynegiant yn un o ddelfrydau eraill deallusion y cyfnod, gan gynnwys Henri Perri a'i *Eglvryn Phraethineb...* (1595). Roedd cyfraniad William Salesbury yn y meysydd dyneiddiol hyn yn nodedig. Os rhestrodd Desiderius Erasmus ddoethinebau yn ei *Adagia* (1500) er mwyn cyfoethogi mynegiant Lladin, gwnaeth Salesbury yr un modd yn y Gymraeg gyda'i *Oll Synnwyr Pen Kembero Ygyd* (1547).

Testament
Newydd ein Arglwydd
JESV CHRIST.

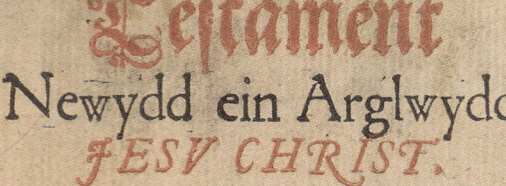

Gwedy ei dynnu, yd y gadei yꝛ ancyfia=
ith, aiꞇ yn ei gylydd oꝛ Groec a'r Llatin, gan
newidio ffurf llythyꝛen y gairiac-dodi. Eb law hyny
y mae pop gair a dybiwyt y bot yn andeallus,
aî o ran llediaith y 'wlat, aî o ancynefin=
der y debnydd, wedy ei noti ai eg=
lurhau ar 'ledempyl y tu da=
len gydꝛychiol.

boꞇ golauni iꞇ byꞇ, a' charu o ddynion y tywyllwch

Ioan.iij. c.

Matheu x iij.f.
Gwerthwch a veddwch o rvtd
(Llyn a'r Men lle mae'r medd
Ac mewn ban ongon ry bydd)
I gael y Perl goel hap wedd.

Daethai'r Gymraeg yn bur gynnar yn iaith yr argraffwasg gyda chyhoeddiad John Prise (Syr Siôn Prys) o Aberhonddu, *Yny lhyvyr hwnn...* (1546), ond ni lwyddodd pob ymdrech i'r perwyl hwn. Dryswyd bwriad Thomas Williams o Drefriw i gyhoeddi'i waith geiriadurol enfawr pan ddaeth ei noddwr, John Edwards o'r Waun, dan wasgfa ariannol trwy ddirwyon am ei safiad crefyddol. Un o amcanion Thomas Williams oedd ehangu geirfa'r Gymraeg, trwy fathu os oedd raid, er mwyn ei gwneud yn addas i drafod amrywiaeth helaeth o bynciau cyfoes. Un o'i fathiadau oedd y gair 'geiriadur' ei hun.

Seiliwyd llawer o'r dadansoddi ieithyddol ar lên y gorffennol, yn arbennig barddoniaeth. I hyrwyddo hyn daeth trosglwyddo gweithiau'r gorffennol i ysgrifen a chasglu llawysgrifau'n gynyddol bwysig, gyda Gruffydd Hiraethog yn symbylydd o bwys. Oni bai am gopïwyr ac ysgrifwyr y cyfnod, go brin y byddai llawer o gynhysgaeth lenyddol Gymraeg canrifoedd cynharach wedi goroesi. Ond eisoes trafodwyd amrywiol bynciau newydd hefyd yn y Gymraeg gyda geirfa newydd yn rhan annatod o hynny. Trafododd Ieuan ap Rhydderch, mewn cywydd, seryddiaeth ac offer mesur symudiadau'r sêr, gan gynnwys yr astrolab. Enghraifft drawiadol arall yw llawysgrif Gutun Owain *c.* 1488–98 sy'n cynnwys materion meddygol, seryddiaeth a llunio calendr gan ddefnyddio rhifau Hindŵ-Arabaidd. Yn wir, yn *Yny lhyvyr hwnn...* cysonodd John Prise ddulliau clasurol a Chymreig o rifo gyda'r dull degol yn seiliedig ar symbolau Hindŵ-Arabaidd. Adlewyrchai gwaith arloesol William Salesbury, ei 'Lysieulyfr', wedyn fynegiant yn y Gymraeg o wyddor fotanegol newydd. Nid awduron wedi'u hynysu yng Nghymru oedd y rhain; ehangwyd y Gymraeg i fod yn un o ieithoedd y Dadeni.

Tueddir i feddwl mai dirywiad parhaus ac anochel fu hanes y Gymraeg ond tyfu oedd ei hanes ym mhob ystyr yn y cyfnod, gan gynnwys y nifer a'i harferai. Dengys cofnodion trethi a phrofiant, er enghraifft, mai Cymry o ran eu henwau oedd trwch helaeth poblogaeth

Testament Newydd William Salesbury, 1567

Wrecsam, tref fasnachol, tref gynnar o ran datblygiad diwydiannol a'r dref fwyaf poblog yng Nghymru erbyn canol yr ail ganrif ar bymtheg. I Gaerdydd, wedyn, y gyrrwyd myfyrwyr Coleg Merton, Rhydychen, i ddysgu'r Gymraeg a dylid cofio mai Cymreigiadau hefyd yw'r enwau Prestatyn, Chwitffordd a Mostyn. Cynnydd oedd cyd-destun 'cymal iaith' deddf 1536, a chyfrannodd y ddeddf at sefydlogi'r sefyllfa yn hytrach na gwastrodi'r iaith. Sut hynny?

Un ffactor hanfodol fu cydnabod bodolaeth y Gymraeg yn swyddogol a darparu ar gyfer hynny. Effeithiodd hyn yn ei dro ar bwy a oedd â'r grym gwirioneddol yng Nghymru. Wrth ddibynnu yng Nghymru ar gorff o swyddogion a chomisiynwyr dwyieithog, ildiodd y goron rym iddynt hwy; yn lle canoli grym fe'i datganolwyd. Er bod rhaid cydnabod hawliau coron Lloegr dros Gymru, yr oedd canolbwynt grym mewn dwylo lleol Cymreig. Y canlyniad pwysicaf o safbwynt yr iaith, serch hynny, oedd mai trwy'r Gymraeg y cynhaliwyd y berthynas rhwng mwyafrif llethol poblogaeth Cymru a'u llywodraethwyr a hynny trwy weinyddwyr lleol yr oeddynt yn eu deall, ac a oedd yn eu deall hwythau. Yr oedd eu profiad uniongyrchol o lywodraeth, felly, fel eu profiad o grefydd, trwy'r Gymraeg. Gwrandawyd ar dystiolaeth Gymraeg ym mrawdlys y Sesiwn Fawr hyd yn oed, a'i defnyddio'n rhydd hefyd yn Llwydlo yng Nghyngor Cymru a'r Gororau.

Felly, yn hytrach na thanseilio'r Gymraeg, fel y dywedir mor aml, sicrhaodd deddf 1536, gymaint â deddf 1563 a wnaeth y Gymraeg yn iaith addoli, barhad Cymraeg mewn cylchoedd swyddogol. Oni bai am hynny mae'n debyg y byddai trwch y boblogaeth wedi gorfod mabwysiadu Saesneg yn llawer cynt nag y gwnaeth. Nid y Gymraeg mewn crefydd, na chyfieithu'r ysgrythurau oedd yr unig ffactorau, felly, a fu'n gefn i'r iaith yn y cyfnod modern cynnar. Ffactorau diweddarach a roes y wir wasgfa arni.

Syr Edward (1529–1609) a'r Foneddiges Agnes (1547–1624) Stradling

VERTVES HOLE PRAISE
CONSISTETH IN DOING
15   90

THES PICTVRES DO REPRESENT SIR EDWARD STRADLINGE KNIGHT THE 5· OF THAT
NAME (SONNE TO SIR THOMAS STRADLINGE KNIGHT AND KATERIN HIS WIFE DAVGHTER
TO SIR THOMAS GAMEGE OF COITY KNIGHT) AND THE LADY AGNES STRADLINGE HIS WIFE
DAVGHTER TO SIR EDWARD GAGE OF SVSSEX KNIGHT AND ELISABETH HIS WIFE DAVGHTER
TO IOHN PARKER OF WILLINGTEN IN THE COVNTY OF SVSSEX ESQVIER) WHICH SAID SIR
EDWARD NOWE IN HIS LIFE TIME HATH SET FORTH THIS MONVMENTS OF THES HIS
AVNCESTORS DECEASSED AND BY GODS GRACE MEANETH BOTH HE AND HIS WIFE AFTER THEIR
DECEASSE TO KEEPE THEM BODELY COMPANY IN THIS SEALFE SAME PEACE ANNO DOMINI·1590

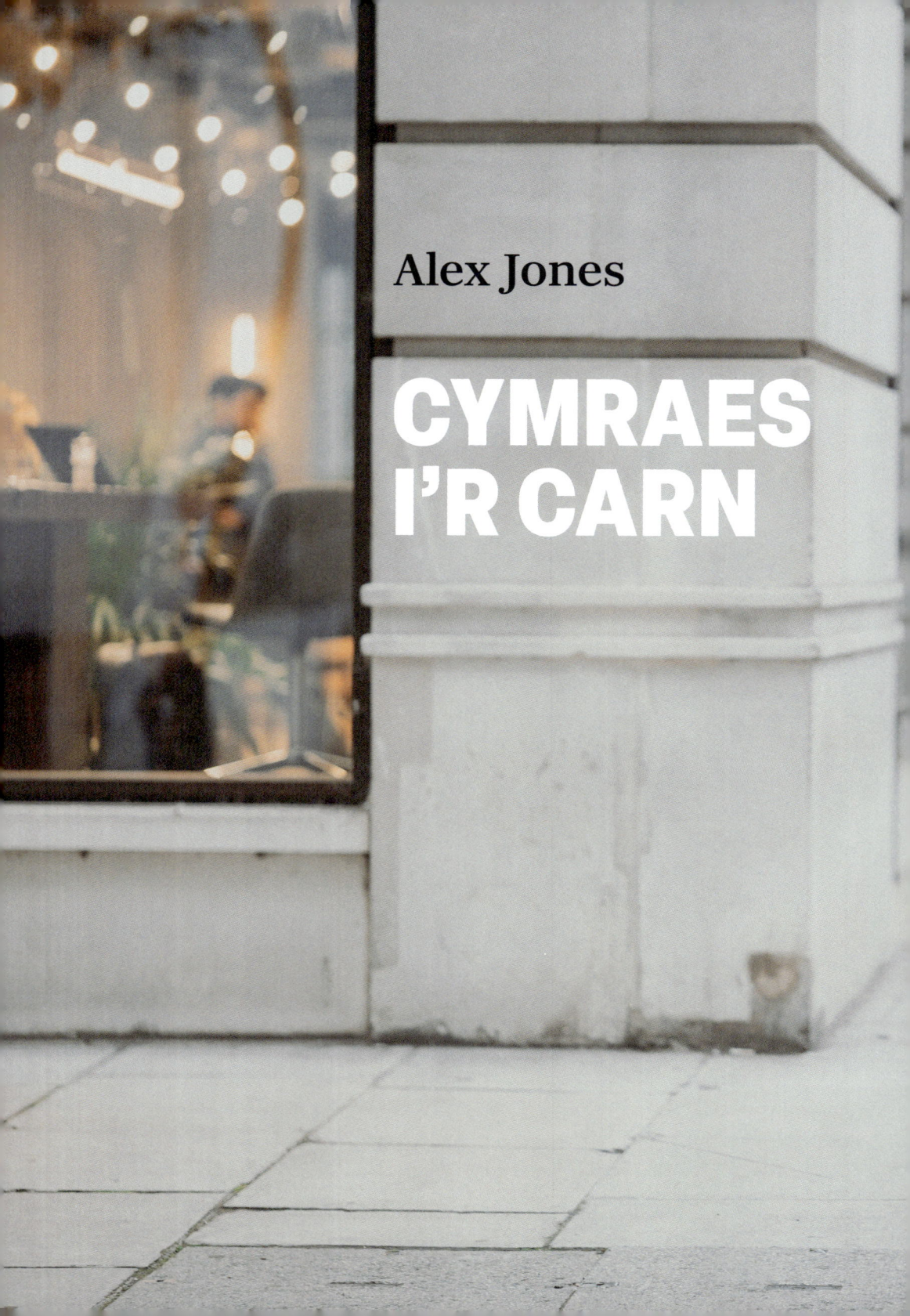

Alex Jones

CYMRAES I'R CARN

Diwrnod cynta yn yr ysgol gynradd. Ro'n i'n bedair blwydd oed ac yn sefyll wrth gatiau Ysgol Gymraeg Rhydaman. Dwi'n cofio merch fach chwe blwydd oed o'r enw Tracey yn gafael yn fy llaw yn famol ac yn fy nhywys i i fewn i'r ysgol fach. 'Croeso mawr,' meddai'r prifathro brwdfrydig, Mr Issac. Roeddwn i'n rhy swil i ateb, ond mewn gwirionedd doedd gen i ddim syniad beth oedd hynny'n ei olygu beth bynnag. Fi oedd yr unig blentyn yn yr holl ysgol oedd yn methu siarad Cymraeg. 'Ah Alex,' medde fy athrawes ddosbarth, Miss Jones. Fe blygodd hi lawr ac edrych arna i gyda'r wyneb mwya caredig, ac fe ddywedodd hi, 'Don't worry, bach, you'll be ok, you'll be speaking Welsh in no time.'

Roedd hi'n hollol gywir. O fewn chwech wythnos roeddwn i'n rhugl yn y Gymraeg, a dwi'n dal i fod yn ddiolchgar bob dydd fod Mam a Dad wedi gwneud y penderfyniad i roi addysg Gymraeg i fi a'm chwaer.

Dwi wastad wedi ystyried mai Cymraeg yw fy iaith gynta, er gwaetha'r 'blip' fach 'na rhwng fy ngeni a diwrnod cynta'r ysgol. Yn syml iawn, roedd Mam a Dad yn gallu siarad Cymraeg ac wedi cael eu haddysg nhw trwy'r Gymraeg, ond wedi dod mewn i'r arfer o siarad Saesneg â'i gilydd. O ganlyniad, Saesneg oedd iaith yr aelwyd pan o'n i'n fabi bach. Do'n i ddim yn deall hyn o gwbl am flynyddoedd; ro'n i'n grac ac yn cadw gofyn 'Pam' ond ar ôl magu fy mhlant fy hun, dwi'n deall bellach taw goroesi'r blynyddoedd cynnar yw'r prif nod.

Ar ôl dechrau yn yr ysgol, fe newidiodd iaith ein tŷ ni i'r Gymraeg mewn ffordd organig. Trwy'r ysgol, ac Aelwyd yr Urdd, Penrhyd, fe ddaethon ni yn bobl steddfod. Byddai Mam yn startsio'r coleri ar ein gwisgoedd dawnsio gwerin ac yn gludo *glitter* a rhubanau o bob lliw ar ein gwisgoedd dawnsio disgo ac off â ni am wythnos i'r Urdd gyda chriw o deuluoedd eraill o'r ysgol, pawb yn eu carafannau smart a ni yn ein *camper van* oren a gwyn. Byddai'r rhieni yn joio gymaint â ni'r plant, er gwaetha'r boreau cynnar yn y rhagbrofion. Roedd yr ysgol gynradd, gyda Mr Issac wrth y llyw, yn gymdeithasol dros ben, ac ar wahân i ambell ben tost ar ôl gormod o gwrw a gwin yn y twmpath dawns, dwi'n credu bod Mam a Dad wedi joio'r blynyddoedd hynny gymaint â'm chwaer a fi.

Roedd Dyffryn Aman yn ardal Gymraeg iawn pan o'n ni'n tyfu lan.

Doedd yr iaith ddim yn loyw ac yn bur, ond roedd hi'n Gymraeg cyfeillgar, hawdd ar y glust. Ac yn yr archfarchnad, neu'r llyfrgell, neu'r banc, lle roedd mam yn gweithio, roedd wastad ddigon ohoni. Dwi wedi bod 'nôl i Rydaman droeon yn y blynyddoedd diwethaf, i ffilmio gan fwyaf, ac er bod pobl yn poeni fod yr iaith yn marw yn yr ardal, roedd bron pob un person siarades i â nhw yn ystod yr ymweliadau hynny yn sgwrsio 'da fi yn y Gymraeg, ac roedd hynny'n braf iawn.

Wedi saith mlynedd hapus iawn yn yr ysgol fach, fe es i ymlaen i Ysgol Gyfun Maes yr Yrfa ac wedyn cwblhau gradd drwy gyfrwng y Gymraeg ym Mhrifysgol Aberystwyth. O ganlyniad, Cymraeg dwi'n ei siarad gyda fy ffrindie gore, cymysgedd o ferched o'r ysgol ac o'r brifysgol. A dweud y gwir, tan o'n i yn fy nhridegau cynnar, do'n i braidd yn siarad Saesneg o gwbl.

Pan o'n i'n 32, fe newidiodd popeth. Tan hynny, ro'n i wedi bod yn hapus tu hwnt yn byw yng Nghaerdydd ac yn gweithio fel cyflwynydd ar nifer fawr o raglenni i S4C, ond, un diwrnod, cefais alwad ffôn a fyddai'n newid fy mywyd yn llwyr. 'Hello, Alex?' Acen Saesneg posh. 'I'm calling from the BBC's *The One Show*.' Ar ôl chwech wythnos hir o gyfweliadau a chlyweliadau, fe benderfynon nhw taw fi, 'the Welshie', oedd yn mynd i gael y jobyn ar y soffa werdd! Waw! Pythefnos i symud popeth i Lundain, ffindo fflat, cael sawl parti ffarwél yng Nghaerdydd a pharatoi am y rhaglen fyw gynta ar ddydd Llun, Awst yr 16eg. Roedd Jason Manford, fy nghyd-gyflwynydd ar y pryd, a fi'n llawn nerfau. Roedd ein teuluoedd yn y gynulleidfa a Whoopi Goldberg, ein gwestai cynta, yn barod ar y soffa. 'Five till live', o'r galeri, 'Four, three, two, and we are on air.' Bant â ni.

Roedd cyfweld â'r gwesteion yn gymharol hawdd, gan 'mod i byth wedi bod yn berson sy'n addoli pobl enwog; yn fy marn i, mae gan bawb, enwog neu beidio, stori dda. Beth oedd yn galed, amhosib bron, yn y dyddiau cynnar oedd cyfathrebu trwy'r Saesneg. Ro'n i wastad wedi meddwl yn Gymraeg ac yn sydyn, roedd angen meddwl a chyfieithu i'r Saesneg ar deledu byw! Roedd y sialens newydd 'ma yn sioc ar y cychwyn.

Do'n i byth, erioed, wedi ystyried y byddai darlledu yn Saesneg yn gymaint o her a weithiau byddai geiriau Cymraeg yn slipo mas pan o'n i'n methu meddwl am y gair Saesneg. Dwi'n cofio yn glir galw Sandi Toksvig yn 'dwt' a phawb yn y galeri yn gweiddi 'What the hell does that mean?' Ond ry'ch chi a fi yn gwybod yn gwmws bod y gair 'dwt' yn siwtio Sandi i'r dim! Am fisoedd roedd cynhyrchwyr gwahanol a golygydd y rhaglen yn trio esbonio sut ddylwn i ynganu geiriau fel 'fruit' a 'their' gan fod cymaint o gwynion am 'this Welsh girl who can't speak English'. Ond, yn y pen draw, fi enillodd: wnaeth y cwynion stopio, fwy neu lai, ac fe ddaeth pobl i arfer â'r ferch o Ddyffryn Aman.

Bymtheg mlynedd yn ddiweddarach, dwi'n dal i eistedd ar y soffa ac yn mwynhau pob muned. Gyda phen-blwydd ar y gorwel, dwi wedi bod yn meddwl 'nôl am y dyddiau cynnar, a theimlo mor browd o'n hunan am beidio â rhoi mewn a newid acen a cholli fy Nghymreictod.

Bellach, dwi'n briod â gŵr o Seland Newydd ac mae gennym dri o blant bach. Dwi'n siarad Cymraeg â'r plant, ac maen nhw'n ateb yn Saesneg. Dyma'r realiti o fyw yn Lloegr. Roedd hynny yn anodd i'w dderbyn ar y cychwyn pan oedd Ted, yr hyna, yn fabi, ond mae prysurdeb diddiwedd bywyd yn golygu bod rhaid bod yn ymarferol. Dwi'n gwneud y gorau alla i, wrth gyfathrebu a darllen gyda nhw yn y Gymraeg a threulio cymaint o amser â phosib yng Nghymru yn y gwyliau ysgol. Er 'mod i'n drist na chewn nhw addysg Gymraeg, maen nhw'n ymwybodol iawn o ddiwylliant Cymru a pha mor bwysig yw'r iaith a'r wlad i fi, ac mae hynny'n ddigon. Does dim modd cael popeth.

Does dim gobaith byddwn ni'n symud 'nôl i Gymru tra 'mod i'n dal ar y *One Show* – ac mae Charlie, y gŵr, yr un mor drist na allwn ni fel teulu symud 'nôl i Seland Newydd. Mae hireth arno fe hefyd am ei gartre sydd ar ochr arall y byd, ond mae'r ddau ohonon ni'n derbyn taw Lloegr bellach yw cartre'r plant: dyma lle mae eu hatgofion a'u ffrindiau, ond mae eu gwreiddiau yn gymysgedd fawr o Gymru a Seland Newydd a ni'n credu eu bod nhw'n lwcus iawn i gael y gymysgedd yna.

Dwi'n dal yn Gymraes i'r carn, ac weithiau mae'r ffaith 'mod i wedi gorfod ymladd mor galed i gael fy nerbyn fel cyflwynydd ar y BBC, o achos fy Nghymreictod a'n acen, yn gwneud i fi deimlo'n fwy prowd nag erioed o gael fy magu yn Nyffryn Aman, trwy gyfrwng y Gymraeg.

Ffion Mair Jones

Y GYMRAEG MEWN PRINT

Mae stori'r Gymraeg mewn print yn cychwyn yng nghanol yr unfed ganrif ar bymtheg. Ofnai bonheddwyr dylanwadol megis yr ysgolhaig William Salesbury fod perygl i'r iaith sefyll ar gyrion datblygiadau pwysig mewn dysg a chael ei gadael mewn cyflwr anifeilaidd, megis '[the] twittering of wild birds or the roaring of beasts and animals'. I'w genhedlaeth ef y syrthiai'r cyfrifoldeb o berffeithio a chyfoethogi'r iaith, ei gwneud yn gyfuwch â ieithoedd gwareiddiad Ewrop: 'bydd ry hwyr y gwaith wedyn,' meddai. A gyda dyfeisio'r wasg argraffu, daeth cyfle euraid i ledaenu dysg y dyneiddwyr.

Cydoeswr i William Salesbury, Syr Siôn Prys (John Prise), uchelwr o Frycheiniog, a gaiff y clod am ddwyn y Gymraeg i brint am y tro cyntaf. Gwelai Prys fod gwaddol llenyddol brodorol Cymru yn anhygyrch i'w siaradwyr, ynghudd mewn 'bagad o hen lyfreu kymraeg', a'i wybodaeth ef o destunau crefyddol megis y 'Saith Pechod Marwol' a'r Deg Gorchymyn yw calon *Yny lhyvyr hwnn...* – pamffledyn cwarto bychan, dwy dudalen ar bymtheg – a argraffwyd ar ei ran yn Llundain yn 1546. Gallai'r deunydd hwn sicrhau na fyddai bywyd ysbrydol y Cymry'n dioddef yn sgil eu diffyg gallu i ddarllen testunau tebyg oedd ar gael ar y pryd yn Saesneg neu yn Lladin.

Yn dilyn y cychwyniadau hyn, parhaodd dymuniad cryf i gynhyrchu testunau crefyddol. Tyst i hynny oedd y chwe argraffiad o'r Beibl Cymraeg a ymddangosodd yn ystod yr ail ganrif ar bymtheg, yn eu plith ddiwygiad pwysig Richard Parry a John Davies, Mallwyd, o Feibl William Morgan yn 1620. Llesteiriwyd twf chwimwth argraffu yn y Gymraeg am nifer o resymau, serch hynny. Yn y lle cyntaf, roedd lefelau llythrennedd y boblogaeth yn isel (amcangyfrifwyd mai tua 15 i 20% o boblogaeth Cymru a allai ddarllen erbyn y 1640au), a'r boblogaeth ei hunan yn fechan, fel nad oedd marchnad helaeth ar gyfer llyfrau Cymraeg. Rhoddodd Deddf Trwyddedu'r Wasg 1662 bwerau dros argraffu yn nwylo Urdd y Llyfrwerthwyr a'r Cyhoeddwyr (Stationers' Company) gan sicrhau mai Llundain oedd prif ganolfan cyhoeddi Lloegr. Yn ystod y ganrif hon, yno y cyhoeddwyd dros dri chwarter yr eitemau o Gymru a gofnodwyd yn astudiaeth Eiluned Rees, *Libri Walliae* (1987). Gwael oedd safon yr eitemau Cymraeg eu hiaith: nid oedd cyflenwad addas o deip ar gael, ac arweiniai anwybodaeth y cysodwyr at gamgymeriadau dychrynllyd os nad âi awduron i lawr i Lundain i oruchwylio eu gwaith – fel y gwnaeth Dr John Davies yn y 1620au, a llu o'i ddilynwyr yn y ganrif wedyn.

O dan delerau deddf 1662, caniateid peth cyhoeddi yn Rhydychen, Caergrawnt ac Efrog, a manteisiodd rhai Cymry ar yr estyniadau i'r lleoliadau amgen hyn. Roedd Rhydychen yn ddewis poblogaidd, efallai oherwydd argaeledd myfyrfwyr a fedrai'r Gymraeg yn y brifysgol yno; gallent hwy gynorthwyo i sicrhau glendid y gwaith. Yno y cyhoeddwyd *Cerdd Lyfr*, blodeugerdd Gymraeg Foulke Owen, Nantglyn, Sir Ddinbych, yn 1686; ac i'r un ddinas y troes Edward Morris (neu 'Edward Moris', yn ôl ei lofnod ef ei hun), y bardd o Uwchaled, yn 1689 i gyhoeddi ei gyfieithiad o lyfr i hyfforddi darllenwyr difreintiedig yn naliadau Cristnogaeth, *Y Rhybuddiwr Christnogawl*. Dangosir nodwedd bwysig ar gyhoeddi yn y Gymraeg gan y gyfrol hon: daeth y llyfr o'r wasg diolch i Margaret Fychan, 'anrhydeddus elusengar fenyw' o dras fonheddig a oedd â'r modd i hyrwyddo'r cyhoeddiad. Dim ond drwy nawdd fel hyn yr oedd cyhoeddi drwy gyfrwng y Gymraeg yn bosibl: pur ddilornus oedd argraffwyr Llundain fel rheol ac yn ddiamynedd â phrosiectau i gyhoeddi'r Beibl yn Gymraeg, er enghraifft, gan mai prin fyddai'r gobaith o weld ad-dalu eu buddsoddiad am flynyddoedd lawer, sefyllfa oedd yn cyferbynnu'n llwyr ag achos gwerthiant Beiblau Saesneg.

Pan ddaeth Deddf Trwyddedu'r Wasg i ben yn 1695, agorodd posibiliadau newydd, cyffrous o safbwynt argraffu yn y Gymraeg. Un o'r rhai cyntaf i sylweddoli hyn oedd Thomas Jones, brodor o Gorwen yn Edeyrnion. Roedd ef wedi mudo i Lundain yn llanc tua deunaw oed i drio'i lwc, gan symud o deilwra – crefft ei dad – i fyd llyfrwerthu, a chael cryn lwyddiant drwy ennill hawliau cyfan gwbl i gyhoeddi almanac Cymraeg blynyddol. Yn Llundain cyhoeddodd hefyd eiriadur Cymraeg-Saesneg, *Y Gymraeg yn ei Disgleirdeb* (1688), heb sôn am lyfrau crefyddol megis llyfr gweddi a ymddangosodd yn 1687–88. Ond cyn gynted ag y

---

Yny lhyvyr hwnn...

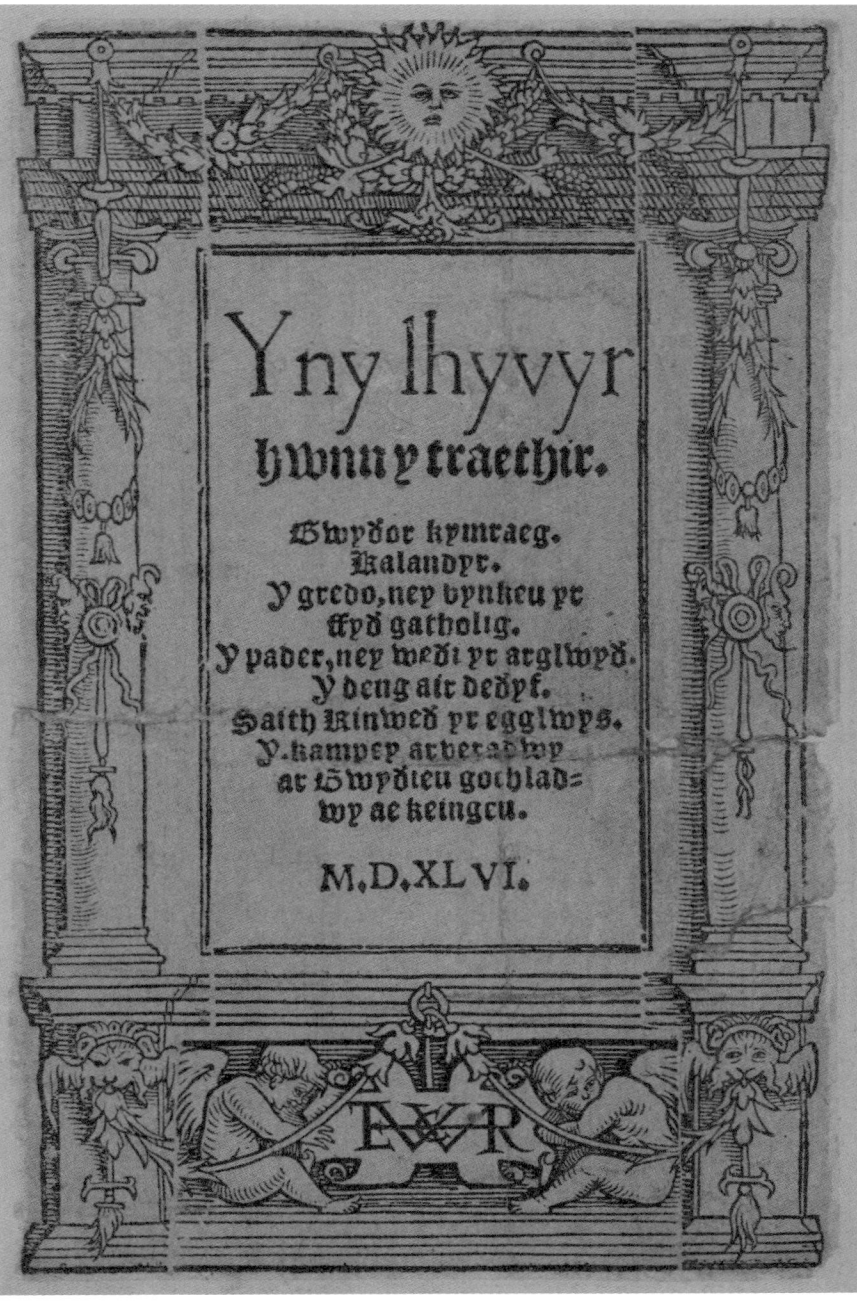

Yny lhyvyr
hwnn y traethir.

Gwyddor kymraeg.
Kalandyr.
Y gredo, ney bynkeu yr
ffydd gatholig.
Y pader, ney wedi yr arglwydd.
Y deng air deddyf.
Saith Rinwedd yr egglwys.
Y kampey arveradwy
ar Gwydieu gochlad=
wy ae keingeu.

M.D.XLVI.

llaciwyd amodau'r Ddeddf Trwyddedu, bachodd Thomas Jones ar y cyfle i adael y brifddinas a'i drygioni, ac ailsefydlu yn Amwythig. Yn y dref honno ar y gororau, â'i chysylltiadau cryf â gogledd a chanolbarth Cymru, cadarnhaodd ei hawl i'r enw 'Thomas Jones yr Almanaciwr', ac ehangu ar ei ddarpariaeth fel argraffydd yn yr iaith Gymraeg gan brynu gwasg argraffu yno. Darparai ei fusnes ddeunyddiau rhad, poblogaidd, gan ddefnyddio rhwydwaith o lyfrwerthwyr, clerigwyr a siopwyr i'w dwyn i sylw gwerin gwlad – ffermwyr a chrefftwyr oedd yn dechrau dysgu darllen am y tro cyntaf. Arloesodd Thomas Jones fel argraffwr baledi Cymraeg: ef piau'r argraffiad cyntaf o'r fath, a ymddangosodd yn 1699. Erbyn y ddeunawfed ganrif, roedd gwerthwyr teithiol yn cludo baledi print o argraffdai'r gororau drwy siroedd gogledd Cymru, cyn i'r diwydiant ymgartrefu mewn gweisg argraffu o fewn ffiniau'r wlad ei hun. Yn eu plith roedd gwasg Dafydd Jones yn Nhrefriw, a sefydlodd gyswllt agos â'r baledwr adnabyddus a thoreithiog Ellis Roberts (Elis y Cowper).

Yn dynn wrth sodlau Thomas Jones yn Amwythig, ac yn enghraifft bellach o afael gynyddol y Gymraeg ar y diwylliant print poblogaidd, roedd Siôn (neu John) Rhydderch, brodor o Gemais, Sir Drefaldwyn. Wedi treulio amser yn gweithio i'r argraffydd Thomas Durston yn Amwythig, sefydlodd Siôn Rhydderch ei wasg ei hun yn y dref. Roedd cyhoeddi baledi yn greiddiol i'w waith tra parhaodd ei fenter, rhwng 1715 ac 1728, a bu'n ddigon blaengar i ddechrau cyhoeddi almanaciau pan fu farw Thomas Jones yn 1713. Roedd yn uchelgais ganddo hefyd gyhoeddi gweithiau mwy swmpus, megis *Drych y Prif Oesoedd* Theophilus Evans o Geredigion, llyfr dylanwadol am hanes y Cymry a ymddangosodd o'i wasg yn 1716, a chyfieithiadau o weithiau crefyddol. Anelai'r rhain at gynulleidfa o foneddigion, penteuluoedd a gwŷr yr Eglwys, mewn ymgais i barchuso a chodi statws cymdeithasol ei gynnyrch. Drwy gyswllt â chymdeithas yr Hen Frythoniaid yn Llundain, cafodd Siôn Rhydderch gefnogaeth i gyhoeddi geiriadur Cymraeg-Saesneg (1725); cyhoeddodd hefyd ramadeg barddol o'i wneuthuriad ei hun (1728). Ni dderbyniwyd y gweithiau hyn yn ddifeirniadaeth: i'r philomath o Fôn, Lewis Morris, yn ysgrifennu yn 1757, roedd Siôn Rhydderch ac eraill o'i gydwladwyr yn 'wonderful for their dul[l]ness'. Canmolodd y bardd Goronwy Owen eglurhad y llyfr gramadeg o'r mesurau barddol, serch hynny: cofiai weld copi ohono gan ei dad, 'the only one I ever saw, and as far as I can remember, it gave a very plain, good account of every one of 'em'.

Ym mherthynas rhai fel Siôn Rhydderch â Morrisiaid Môn a'r Hen Frythoniaid, gwelwn sawl ffrwd bwysig i ddatblygiad y Gymraeg mewn print. Yn y lle cyntaf, ac er gwaethaf ei sylwadau dilornus am dwpdra mawrion cenhedlaeth Siôn, nid oedd Lewis Morris y tu hwnt i ddefnyddio'r argraffydd hwnnw at ei ddibenion ei hun. Yn 1732 ceisiodd sefydlu argraffwasg yn nhref farchnad Llannerch-y-medd, Môn – dim ond yr ail erioed yng Nghymru, yn dod yng nghynffon gwasg fechan Isaac Carter yn Nhrehedyn, Ceredigion (1718). Gobaith Lewis oedd y byddai Siôn Rhydderch, â'i brofiad helaeth ym maes argraffu, yn cydweithio ag ef er mwyn cyhoeddi llawysgrifau Cymreig, a phrynodd wasg newydd, 'after the *dutch* fashion', yn Llundain neu Ddulyn, i'r diben hwnnw. Gwaetha'r modd, gadawodd Siôn Rhydderch Fôn yn ddisymwth a bu'n rhaid symud y wasg i Gaergybi. Yma argraffwyd y cyfnodolyn Cymraeg cyntaf, *Tlysau yr Hen Oesoedd*. Y nod oedd cynhyrchu cylchgrawn chwarterol i gyflwyno llenyddiaeth eu gwlad i'r Cymry, gan ddenu nid yn unig y dosbarth gwerinol ond hefyd y bonedd, a oedd yn troi fwyfwy at y Saesneg. Dim ond un rhifyn a ymddangosodd, a hynny yn 1735, ond roedd ymrwymiad Lewis Morris i ddefnyddio'r Gymraeg mewn print er mwyn dwyn cyfoeth y traddodiad llenyddol i sylw'r Cymry, yn ogystal â'i ymwybyddiaeth graff o ddosbarthiadau cymdeithasol a'r modd y gellid naill ai eu gwasanaethu neu ymelwa arnynt, yn themâu a ddatblygwyd ganddo ef ac eraill yn ddiweddarach.

Erbyn 1751, roedd y Morrisiaid wedi sefydlu cymdeithas Gymraeg arall yn y brifddinas, Cymdeithas y Cymmrodorion, gyda Richard, yr ail frawd, a drigai yn Llundain, yn llywydd arni. Buan y daeth cyhoeddi yn rhan greiddiol o genhadaeth y Cymmrodorion, a'r llywydd yn arwain y ffordd. Roedd gan Richard Morris brofiad o weithio ym maes cyhoeddi fel golygydd argraffiad Cymraeg y Gymdeithas er Taenu Gwybodaeth Gristnogol (Society for the Promotion of Christian Knowledge, neu'r

SPCK) o'r Beibl a'r Llyfr Gweddi Gyffredin (1746); ymddangosodd ailargraffiad o'r ddau yn fuan wedi sefydlu'r Cymmrodorion (1752). Dyma gyhoeddiadau amserol a hirddisgwyliedig yng Nghymru, gwlad yr oedd ei darllenwyr ar dwf byth ers sefydlu ysgolion cylchynol dylanwadol Griffith Jones, Llanddowror, o 1731 ymlaen, â'u pwyslais yn anad dim ar ddysgu darllen Cymraeg. 'What! not a sillable [*sic*] of the Bible?' holodd William Morris ei frawd yn Llundain o Gaergybi fis Ionawr 1746; a'r un oedd y diffyg amynedd wrth aros yr ailargraffiad. 'How goes on the Bibles? Dr Ellis is very impatient for them,' meddai William drachefn ym mis Ionawr 1752, yn adrodd rhwystredigaeth curad Caergybi, Thomas Ellis. Pa ryfedd hynny, gan na chyrhaeddodd cistiaid o'r Beiblau y dref honno – 'y cwbl yn ddianaf', diolch i'r drefn – tan fis Ebrill 1754.

Maes arall creiddiol i weithgarwch y Morrisiaid a chanolog i genadwri'r Cymmrodorion oedd astudio hynafiaethau Cymreig drwy gyfrwng gwybodaeth o'r iaith. 'The Society... propose to print all the scarce and valuable *antient British Manuscripts*' oedd honiad uchelgeisiol Cyfansoddiadau'r Gymdeithas yn 1755, ac yn wir erbyn 1777 roedd y tâl aelodaeth yn clustnodi swm ar gyfer cefnogi cyhoeddiadau Cymraeg. Yn hyn o beth, roedd gweithgaredd Cymry Llundain yn ddylanwad amlwg ar ymdrechion eu cydwladwyr yn ôl yng Nghymru – gwaith rhai megis Rhys Jones o'r Blaenau, Llanfachreth, a gyhoeddodd *Gorchestion Beirdd Cymru* yn 1773 gyda chefnogaeth bonheddwyr o Sir Feirionnydd a'r tu hwnt, nifer ohonynt yn ddi-Gymraeg ond yn ymhyfrydu yn eu treftadaeth serch hynny. Blodeugerdd oedd hon o waith y Cywyddwyr yn bennaf, beirdd oes aur y traddodiad barddol (*c.*1350–1550), a Dafydd ap Gwilym yn flaenllaw yn eu plith. Wedi sefydlu Cymdeithas y Gwyneddigion, epil gymdeithas i'r Cymmrodorion yn Llundain, cyhoeddwyd cyfrol gyfan wedi ei neilltuo i waith y bardd hwnnw, *Barddoniaeth Dafydd ab Gwilym* (1789). Fe'i dilynwyd gan waith Llywarch Hen (1792) a'r *Myvyrian Archaiology of Wales* (1801–07). Enwyd yr olaf ar ôl Owen Jones (Owain Myfyr, 1741–1814), a ddefnyddiodd elw busnes crwynwr yn seiliedig ar

Lewis Morris o Fôn (1701–1765)

adnoddau Gogledd America i ariannu'r cyhoeddiad, ar draul hawliau'r llwythau brodorol. (Noder i enw da'r gweithiau hyn gael ei bardduo'n ddiweddarach pan ddadlennwyd eu bod yn cynnwys ychwanegiadau ffug o eiddo Iolo Morganwg.)

Ochr yn ochr â llafur beirdd gwlad y Gogledd a Llundeinwyr blaengar, cyffyrddodd y diwylliant print â llif grymus diwygiadau crefyddol Cymru'r ddeunawfed ganrif. Y pennaf o'r rhain oedd y Diwygiad Methodistaidd a gychwynnodd gyda thröedigaeth Howel Harris yn eglwys Talgarth, sir Frycheiniog, yn 1735. Symbylodd Methodistiaeth dwf enfawr mewn llenyddiaeth diwygiad o'r 1740au ymlaen, yn enwedig yn ne Cymru. Gwelai arweinwyr y mudiad lawn werth y gair printiedig – yn bregethau, emynau, marwnadau, testunau epig a llyfrau diwinyddiaeth – i sicrhau achubiaeth eu praidd rhag anwybodaeth a phechod. Yn y ganrif ddilynol, daeth llwybr hyd yn oed yn fwy addawol ar gyfer lledaenu cenadwri'r Methodistiaid a'r enwadau anghydffurfiol pan ostyngwyd y Dreth Stamp amhoblogaidd ar gyhoeddi papurau newydd yn 1836, cyn ei diddymu'n gyfan gwbl yn 1855. Ar y cyd â datblygiadau mewn technoleg argraffu a gostyngiad ym mhris papur, roedd y posibiliadau ar gyfer llenyddiaeth gyfnodol yn enfawr, ac arweiniodd at 'Oes Aur' yn hanes y wasg Gymreig dros y trigain mlynedd nesaf.

Er bod sawl ymgais i sefydlu papurau neu gyfnodolion Cymraeg wedi dilyn ymdrech ffaeledig Lewis Morris a *Thlysau yr Hen Oesoedd*, methiant oedd rhai o'r cynharaf. Yn y 1790au, degawd llawn tensiwn oherwydd cynnwrf y Chwyldro yn Ffrainc, nid oedd lle i gyhoeddiadau radical eu tuedd, a byrhoedlog iawn fu *Y Cylch-grawn Cynmraeg* (1793–94) dan olygyddiaeth Morgan John Rhys, a'r misolyn cyntaf, *Y Geirgrawn* (1796), a olygwyd gan David Davies. Wrth i'r ganrif newydd fynd rhagddi, daeth pleidiolrwydd enwadol yn rhan annatod o lwyddiant nifer o'r cylchgronau Cymraeg. Er bod cwynion am amlder dadleuon diwinyddol ar eu tudalennau, cecru o'r fath oedd yn gwerthu papurau, a syrthiodd ymdrechion megis *Cylchgrawn y Gymdeithas er Taenu Gwybodaeth Fuddiol* (1834) – a anelai at gyflawni'n union yr hyn a awgrymir gan ei enw – ar ei wyneb ar ôl blwyddyn yn unig: 'It wanted religious information, and consequently excited but little interest,' meddai William Rees, Llanymddyfri, un o'r cyhoeddwyr. Yn 1845 ymddangosodd rhifyn cyntaf chwarterolyn llenyddol Cristnogol *Y Traethodydd*. Prifathro Coleg Methodistaidd Calfinaidd y Bala, Lewis Edwards, oedd y golygydd, ac fe'i hargraffwyd gan y gweinidog Methodist o Ddinbych, Thomas Gee, ond y bwriad y tro hwn oedd cynhyrchu cyfnodolyn Cristnogol a fyddai'n rhydd oddi wrth ymrwymiadau sectyddol ac yn pwysleisio cysylltiadau, nid anghydfodau, rhwng yr enwadau.

Cynnyrch anenwadol oedd *Y Gymraes*, y papur Cymraeg cyntaf ar gyfer menywod, a gyhoeddwyd dan nawdd Augusta Hall, Arglwyddes Llanofer, rhwng Ionawr 1850 a marwolaeth ei olygydd, Evan Jones (Ieuan Gwynedd), yn 1852. Gwelai Ieuan Gwynedd y papur fel cyfle i daro 'nôl yn erbyn difenwad menywod Cymru gan adroddiadau'r Llyfrau Gleision (1847), ond bychan oedd apêl *Y Gymraes* i ferched o'r dosbarth gweithiol ac ni lwyddodd i ddenu menywod fel cyfranwyr rheolaidd. Roedd merched wedi mentro i fyd print yn y Gymraeg cyn dyddiau'r *Gymraes*, â'r gyfrol gyntaf o gasgliad o gerddi, *Ychydig Hymnau, a gyfansoddwyd ar amrywiol achosion* o waith Jane Ellis (Edward ar y pryd), yn ymddangos yn 1816 o wasg Robert Saunderson, y Bala. Ond yn 1878 y gwireddwyd y cyfle i wneud y gair printiedig Cymraeg yn gyfrwng eang ei afael ar ferched Cymru, pan wyntyllwyd y syniad o ganfod olynydd i'r *Gymraes* â ffigwr amlwg a phoblogaidd fel golygydd. Bwriad y cyhoeddwr, David J. Williams, Llanelli, oedd cyflwyno yn *Y Frythones* ddelfryd *bourgeois* o'r fenyw fel 'angel yr aelwyd'. Llwyddodd Sarah Jane Rees (Cranogwen), y golygydd rhwng 1879 ac 1889, i ddarparu misolyn a atebai'r gofynion hyn ond gan godi yn ogystal gwestiynau cymdeithasol a gyffyrddai'n gynyddol â diddordebau a hawliau menywod, o'r ymgyrch dros y bleidlais i'r angen am swyddi proffesiynol a allai ddatod 'y rhwymau a fyn[n]ai o hyd ein dal yn gaeth wrth y gorchwylion iselaf a mwyaf dielw, fel pe na feiddiem edrych i fyn[y] na rhoddi ein llaw ar ddim ond i ysgwrio, a golchi, a glanhau'.

Y wasg Saesneg a enillasai'r dydd yng nghyswllt pob gwedd ar lenyddiaeth brintiedig yng Nghymru erbyn i'r bedwaredd ganrif ar bymtheg ddirwyn i ben, am resymau'n rhychwantu Seisnigo cynyddol y boblogaeth drwy fewnlifiad, diwydiannu a threfoli; ymfudiad; yr ymateb i ddatblygiadau technolegol; diffyg cynllunio a chydweithio ar ran argraffwyr, ac effeithiau ieithyddol Deddf Addysg 1871. Eto, mae cyffyrddiad yr iaith â byd argraffu yn stori werth ei hadrodd, ei hanwylo a'i datblygu eto fyth gan drigolion Cymru'r unfed ganrif ar hugain, sy'n parhau i gael eu cyflyru gan y Gymraeg mewn print mewn cynifer o gyd-destunau hen a newydd.

Cranogwen (1839–1916) gan John Thomas

Mae iaith yn llestr sy'n dal gwybodaeth… yr 'holl' wybodaeth 'na.

Mae iaith yn dal cariad.

Mae'n dal y ffordd 'dan ni'n edrach ar y byd.

Mae'n cysylltu ni â phwy ydan ni, a lle'r ydan ni.

Pan ti'n cael dy fagu mewn Cymreictod, yng nghysgod y mynyddoedd, yn trochi mewn llynnoedd ac afonydd, yn clywed ogla pridd a hen ddail – fasa peidio siarad iaith y tir yn mynd mor groes i'r graen.

Cymraeg ydy iaith y dŵr sy'n llifo trwy wythienna main y brynia, a Chymraeg ydy iaith y storm ddaw â niwl o'r Nant.

Mae tir ac iaith wedi eu plethu'n anwahanadwy efo'i gilydd, a thrwy siarad neu ddysgu iaith 'dan ni'n ymgorffori'r lle. Yr unig ffordd ddiffuant o GYSYLLTU yn llwyr efo 'lle' – daear y lle – ydy trwy iaith. Dwi mor lwcus 'mod i wedi cael fy magu ym Methesda, a dwi hyd yn oed yn fwy lwcus fod Mam, yn reddfol, wedi dewis siarad Cymraeg efo fi. Yn enwedig o gofio ei bod hi wedi priodi Sais!

Digon hawdd fasa troi iaith y cartref yn Saesneg i hwyluso petha i bawb, ond Na! Roedd 'na dair merch yn ein tŷ ni, tair merch Gymraeg yn goruchafu dros yr un Sais. Bechod o Dad!

A deud y gwir, mi oedd gan Mam g'wilydd ohona i achos 'mod i'n dod drosodd fel plentyn ag un iaith yn unig pan oedd rhaid i mi siarad efo pobol ddiarth, neu deulu ochor Dad – 'Oh! Bless her. Can't she speak English? How cute!' Ond gwrthod siarad Saesneg o'n i. Yn llwyr! Rhyw fath o brotest, achos a deud y gwir, mi o'n i'n clywed dwyieithrwydd fwy na neb. Mi o'n i yn y lleiafrif ac ystyried fod gan fy ffrindia i gyd ddau riant oedd yn siarad Cymraeg, felly fi ddylsa fod wedi bod efo'r Saesneg gora o bawb, ond mi o'n i'n ddifrifol!

Ac yn reit browd o hynna! Tan i mi gyrraedd fy ugeinia… a sylwi 'mod i'n difetha cyfleoedd i fi'n hun drwy beidio medru mynegi fy hun yn Saesneg.

Ac wedyn… Mi nesh i briodi Sais! O Lundain! A dwi'n dal i fethu siarad yn iawn efo fo. Ond dyna ydy'n patrwm ni wedi bod erioed, mae'n debyg, a dyna ydy o rŵan hefyd – Cymraeg gynta, yn reddfol, yn naturiol, ond ma' 'na wastad angen cynnwys cyfieithu a gwahodd rhywun i mewn i'r sgwrs sydd ddim yn 'dallt'.

Ac mae hynny'n iawn... 'Dio ddim yn rhwystr nac yn strach, nac yn cymryd gormod o egni nac amser. Mae'n hollol iawn, a 'dan ni'n hapus i gyfieithu, i fynwesu. Ond nid yn unig efo Dad, neu fy ngŵr, ond efo cymdeithas, cynulleidfa... pobol.

Mae cynulleidfa 9Bach, sef y band mae Martin fy ngŵr a finna wedi ei sefydlu efo'n gilydd ers dros 19 mlynedd, wastad wedi cynnwys aelodau di-Gymraeg. Yn ôl yr adborth, mi rydan ni'n 'lle saff' i bobol. Mae'n caneuon ni'n Gymraeg – fy mamiaith – ond rydan ni'n holi ni'n hunain sut mae denu'r di-Gymraeg... sut mae gwahodd... sut mae cynnwys. A hynny heb wanio cymdeithas a'i hiaith.

Mae pentrefi a chymuneda yn dioddef, does dim dowt. Mae'r Gymraeg yn dirywio yn ofnadwy. Dwi'n clywed plant yn bob man wedi peidio'i siarad hi. Ma' 'na bobol a'u tai a'u Airbnb yn llifo i mewn i Fethesda o ochor arall y ffin ac mae miwsig cyfathrebu y lle 'ma yn amal yn ddiarth. Ma' 'na deuluoedd yn pwdu pan dwi'n dod i nofio i Lyn Droell neu Lyn Main (lle dysgodd Caradog Prichard sut i nofio), yn crio:

'Oh! Noooo! You've found our secret spot!'

Dyna'r adega lle dwi'n chwalu. Yn ffrwydro tu fewn. Yn lloerig. Ond dyna pryd dwi'n defnyddio'r arf ora.

'Ma'n ddrwg gen i? Be? "Secret Spot"? Dim o gwbwl, enw fama ydy... Llyn Droell.'

'Na i sgwrsio am oria am hanes y lle, am y ffordd mae plant yr ardal i gyd wedi dysgu nofio yma ers canrifoedd, ers pryd mae'r graig maen nhw'n eistedd arni hi'n bodoli, a sut gafodd hi ei hollti gan y rhew, a faint o sliwod sy'n nofio'n y dŵr a ballu. Fel hyn dwi'n teimlo 'mod i'n 'gwahodd', sef drwy rannu. Mae'r teulu wedyn yn gadal y lle, nid yn unig efo'r sachad mai nid eu llecyn nhw yn ecsgliwsif ydy hwn, ond yn gadal wedi dysgu enw'r lle, a 'chydig am y lle!

Dwi'n grediniol fod iaith yn colli gobaith yn llwyr os nad oes enwau brodorol ar ddaear yn cael eu parchu. Mae'r mynyddoedd yma'n siarad drwy eu henwau. A phan dwi'n cerddad yng Nghwm Idwal, fy hoff le yn y byd, ac yn edrach draw at Tryfan, y Glyderau a Chwm Cneifion, dwi'n gwybod hynny i sicrwydd.

Dwi'n ffodus iawn o rannu cymuned a lle magwyd fi efo pobol mor ysbrydoledig â'r prifardd a'r hanesydd Ieuan Wyn, sydd wedi treulio amser yn trafod a rhannu hanesion am Eryri, Bethesda a'r chwaral efo fi. A fydda i wastad yn mynd ar ei ofyn i edrach dros eiria caneuon 9Bach efo fi dros banad. Ond mae'r darn 'ma ganddo, sy'n sôn am berthynas tirwedd, iaith a chymdeithas, mor hynod o hardd:

Rhannau o un gwead ydy cymdeithas a'i thirwedd. Cydymdreiddiad iaith a thir. Bywyd cymdeithas yn ymwneud pobl â'i gilydd a'i hymwneud â'i hamgylchedd ydy diwylliant, ac mae dehongli daear ei lleoliad – ei gofod – yn rhan o hynny. Cwbl ddiystyr ydy craig, a phridd a llystyfiant heb lygad a meddwl a chalon i roi ystyr a gwerth ac arwyddocâd iddyn nhw. A'n diwylliant ni, a chof y diwylliant a'i gyfundrefn werthoedd, sy'n rhoi i'n cynefin ni ystyr. Mae'n rhoi inni wreiddiau ac mae'n meithrin ynom ni barch a chyfrifoldeb at nodweddion ein cymuned a'i hamgylchedd naturiol.

(Rhan o gyflwyniad yn lansiad Cynllun Partneriaeth Tirwedd y Carneddau, Awdurdod Parc Cenedlaethol Eryri, 14.10.20)

Rhodd ydy iaith – anrheg werthfawr o genhedlaeth i genhedlaeth. Dwi'n diolch i Mam, i Nain, a'r llinach o ferched y teulu am drosglwyddo'u mamiaith i mi. Hebddi hi, faswn i'n wag, yn fud, yn ddim.

Marion Löffler

Y CHWYLDRO DIWYDIANNOL, DADENI'R GYMRAEG A 'BRAD Y LLYFRAU GLEISION'

Y mae stori'r iaith a'i siaradwyr yn y ddeunawfed ganrif a'r bedwaredd ganrif ar bymtheg yn un o chwyldroadau, mudo a dadeni diwylliannol cyffrous, ond hefyd o ormes, colledion a dechrau brwydro dros hawliau'r iaith.

Er mwyn darganfod seiliau dadeni'r Gymraeg, mae angen mynd yn ôl i'r 1730au, pan ddyfeisiwyd cynllun i addysgu'r werin Gymraeg yn eu hiaith eu hunain gan y Methodist Griffith Jones, Llanddowror. Trefnwyd ganddo ef, a chan y Fonesig Bridget Bevan, system o ysgolion cylchynol a barhaodd o 1732 tan y 1770au, gan ddysgu dros 250,000 o Gymry i ddarllen Cymraeg. Gan fod bywyd trigolion y wlad yn troi o gwmpas y calendr amaethyddol, cynhaliwyd yr ysgolion yn y gaeaf neu yn ystod y nos am dri mis ar y tro, neu hyd nes yr oedd pawb wedi dysgu darllen y Beibl. Gweinidogion oedd yr athrawon, ond daethant o blith y werin yn ogystal, megis y 'poor woman' Mary Evans a ddysgodd blant ac oedolion ym Morgannwg am sawl blwyddyn yn y 1760au. Mae'n debyg fod Mary Jones, y ferch a gerddodd drwy'r mynyddoedd i ymofyn Beibl oddi wrth Thomas Charles o'r Bala, wedi dysgu darllen mewn ysgol gylchynol. Roedd arwyr ac arwresau'r iaith yn dod o bob haenen o gymdeithas.

Os mai ymdrechion addysgwyr a chyhoeddwyr a nodweddai'r ddeunawfed ganrif, dau chwyldro a osododd seiliau i sefyllfa'r iaith a'i diwylliant yn y bedwaredd ganrif ar bymtheg: y Chwyldro Diwydiannol a ddechreuodd effeithio ar Gymru o ganol y ddeunawfed ganrif, a'r Chwyldro Ffrengig (1789), sydd yn cael ei ystyried fel dechrau'r cyfnod modern ac a ddylanwadodd yn fawr ar gylch bach o ddeallusion Cymreig yn Llundain a Chymru a oedd yn ysu am greu sefydliadau cenedlaethol radical i Gymru fach.

Ym 1800, roedd tua 587,000 o bobl yn byw yng Nghymru a thros 90% ohonynt yn medru'r Gymraeg. Gan fod Cymru yn gyfoethog mewn adnoddau naturiol megis llechi, glo a mwyn haearn mewn ardaloedd penodol o'r de, y gogledd-ddwyrain a'r gogledd-orllewin, datblygodd chwareli llechi, pyllau glo a gweithfeydd haearn a chopr yn yr ardaloedd hyn, a thyrrai trigolion cefn gwlad i'r canolfannau diwydiannol newydd o gwmpas Wrecsam, Bethesda a Phorthmadog, a chymoedd de Cymru.

Roedd pawb yn chwilio am waith a bywyd gwell, yn awyddus i ffoi rhag gormes y landlordiaid. Aethant â'u hiaith Gymraeg a'u crefydd anghydffurfiol gyda nhw, gan adeiladu cannoedd o gapeli yn ganolfannau addoli ac adloniant. Heb y Chwyldro Diwydiannol mae'n bosib y byddai'r Gymraeg wedi dioddef yr un dynged â Gwyddeleg a Gaeleg Ucheldiroedd yr Alban – a'u siaradwyr yn gorfod ymfudo i America, gan nad oedd hi'n bosib iddynt oroesi yn eu gwlad eu hunain.

Roedd y rhan fwyaf o'r Cymry wedi dysgu darllen yn yr ysgolion cylchynol neu'r ysgolion Sul. Roedd cynulleidfa barod, felly, ar gyfer cynnyrch y wasg Gymraeg a chyhoeddwyd dwsinau o gylchgronau a phapurau wythnosol, megis *Baner ac Amserau Cymru*, y mae llawer ohonynt ar gael o hyd ar wefan Llyfrgell Genedlaethol Cymru. Ym 1851, cyflogwyd tua 1,240 o bobl yn y diwydiant cyhoeddi ac amcangyfrifir y cyhoeddwyd tua 10,000 o destunau Cymraeg rhwng 1800 a 1895. Ymddangosodd *Gwyddoniadur* deg-cyfrol rhwng 1854 a 1879, yr unig wyddoniadur aml-gyfrol yn y byd ar gyfer iaith leiafrifol, ac roedd cyfrolau Cymraeg yn gwerthu mor dda fel y byddai gweisg yn yr Alban yn cystadlu i'w cyhoeddi.

Law yn llaw â'r wasg, datblygodd bywyd cymdeithasol amrywiol ymhob man, ond yn enwedig yn yr ardaloedd diwydiannol: yn gymdeithasau cymorth i weithwyr ac yn gymdeithasau Cymraeg a fyddai'n cynnal eisteddfodau lleol a chyfarfodydd i drafod materion addysgol a gwleidyddol. Byddai'r capeli yn trefnu cymanfaoedd canu i gannoedd ddod at ei gilydd, yn baratoad a chynhaliaeth i'r corau mawr. Yn wahanol i'r sefyllfa yn Lloegr, roedd ysgol Sul pob capel yn ganolbwynt dysgu a thrafod i'r oedolion, yn ogystal â bod yn ddarparwr addysg i'r plant. Pan oedd Merthyr Tudful yn gartref i weithfeydd haearn mwyaf y byd ac yn dref fwyaf Cymru yn y 1850au, roedd dros 80% o'r trigolion yn siarad Cymraeg, ac yn llawn tân dros y Gymraeg.

Canolbwynt diwylliannol i'r genedl gyfan oedd y mudiad eisteddfodol. Er bod yr Arglwydd Rhys wedi cynnal eisteddfod yng Nghastell Aberteifi ym 1176, mae gwreiddiau'r brifwyl fodern i'w canfod yng nghyfnod cyffrous y Chwyldro Ffrengig. Wedi ei hysbrydoli gan syniadau o gydraddoldeb, brawdgarwch a rhyddid, aeth Cymdeithas y Gwyneddigion yn Llundain ati i ailddehongli'r gair 'eisteddfod' i olygu cystadleuaeth agored i bawb – y werin a'r bonedd, dynion a menywod. Yn addas iawn, ym 1790, yn yr ail mewn cyfres o eisteddfodau a gynhaliwyd gan y Gwyneddigion, 'Rhyddid' oedd testun cystadlaethau'r awdl a'r traethawd, y naill yn cael ei hennill gan Dafydd Ddu Eryri a'r llall gan Gwallter Mechain, dau o enwau adnabyddus llenyddiaeth y cyfnod. Cynigid gwobrau ariannol yn yr eisteddfodau hyn: nid medalau bach a statws yn y gymuned farddol neu ddeallusol yn unig oedd yn y fantol, felly. Roedd ennill arian yn golygu y byddai modd i gystadleuwyr gyhoeddi ffrwyth eu dawn neu eu hymchwil, prynu rhagor o lyfrau, neu dalu am ragor o hyfforddiant.

Yn yr un cyfnod, penderfynodd y digymar Iolo Morganwg – un o ffigyrau mwyaf lliwgar a phwysig hanes Cymru – ailddehongli ffigwr y derwydd Celtaidd. Honnodd mai offeiriaid Cristnogol cyntefig oedd y derwyddon a fyddai'n addysgu'r werin mewn barddoniaeth yn ogystal â gwyddoniaeth ac yn pregethu heddwch a chydraddoldeb. Yn ôl Iolo, beirdd Cymru oedd y derwyddon olaf, yn ymgynnull yng Ngorsedd Beirdd Ynys Prydain. Iolo ei hun oedd wedi dyfeisio hanes yr Orsedd hon, wrth gwrs, ond cydiodd y syniad yn nychymyg y Cymry a chynhaliwyd ei chyfarfod cyntaf ar Fedi 21, 1792, ar Fryn y Briallu yn Llundain, lle bellach y mae plac i nodi'r achlysur pwysig hwn yn hanes Cymru.

Roedd Gorsedd Iolo o flaen ei hamser. Yn ogystal â bod yn gyfrwng barddoniaeth heddychol a sloganau radical (ar y pryd) megis 'Y Gwir yn erbyn y Byd', roedd croeso i fenywod ymuno â rhengoedd y derwyddon o'r cychwyn cyntaf. Erbyn diwedd y 1790au cynhaliwyd gorseddau cyffelyb ym Mlaenau Morgannwg cyn iddynt gael eu gwahardd am fod yn berygl i'r wladwriaeth.

Atgyfodwyd yr Eisteddfod a'r Orsedd, wedi diwedd rhyfeloedd Napoleon ym 1815, gan eu huno ym 1819. Yn ystod y 1820au, datblygwyd rhwydwaith o eisteddfodau rhanbarthol yn seiliedig ar yr hen dywysogaethau, ac yna gyfres o eisteddfodau rhwysgfawr a ddenodd ymwelwyr o Lydaw a chystadleuwyr o Ffrainc a'r Almaen o'r 1830au

(Iolo Morganwg)

Etched by Robert Cruikshank Esq From a memoriter drawing by E.W.

Edward Williams.
Bardd Braint a Defod.

tan 1853. Gosodwyd seiliau i'r Eisteddfod fel gŵyl genedlaethol gydag Eisteddfod Fawr Llangollen ym 1858, pan sicrhaodd y rheilffyrdd fod modd i Gymry o ddinasoedd Lerpwl, Manceinion a Bryste ddod at ei gilydd yn eu miloedd. Roedd y rhwydwaith hon o eisteddfodau lleol, rhanbarthol a chenedlaethol yn ffurfio yr hyn a alwyd yn 'Brifysgol y Werin', rhyw fath o sefydliad answyddogol oedd yn cynnig cystadlaethau ac addysg uwch drwy gyfrwng y Gymraeg. O'r 'brifysgol' honno y deilliodd cyfrolau ar hanes Cymru, heb sôn am waith celf enwog ac operâu. Heb, er enghraifft, gystadleuaeth Llangollen 1858, siawns na fyddai 'Hen Wlad fy Nhadau' erioed wedi ennill ei phlwyf fel anthem genedlaethol Cymru. Ac o Eisteddfod Genedlaethol Aberdâr 1861 ymlaen, cynigiodd mudiad yr Eisteddfod hefyd gyfle i'r genedl gyfan ddod at ei gilydd mewn un man am wythnos bob mis Awst, a sefydlu'r drefn o wneud hynny mewn lleoliad yn y gogledd a'r de am yn ail. Ym 1881 sefydlwyd Cymdeithas yr Eisteddfod Frenhinol Genedlaethol i gyhoeddi *Trafodion* y brifwyl bob blwyddyn, ac i fod yn 'ffocws gweithredu cenedlgarol i bob Cymro o ba bynnag grefydd neu blaid'. Byddai'r drefn hon yn parhau tan y 1930au.

Gwasanaethai Gorsedd Beirdd Ynys Prydain megis adain seremonïol a hynafol y brifwyl, a daeth y gwisgoedd, y meini hirion a'r defodau – fel yr arfer o gyhoeddi'r Eisteddfod 'flwyddyn a diwrnod' ymlaen llaw – yn rhannau eiconig ohoni. Yn y 1890au, crëwyd gan Syr Hubert von Herkomer o Fafaria y creiriau rhwysgfawr a ddefnyddir hyd heddiw, megis torch yr Archdderwydd a'r Corn Hirlas. Erbyn troad yr ugeinfed ganrif roedd yr Orsedd yn urddo beirdd o bwys megis T. Gwynn Jones. Roedd posteri eisteddfodol a chardiau post yn portreadu archdderwyddon enwog megis Hwfa Môn ym mhobman, a gwledydd Celtaidd megis Cernyw a Llydaw yn datblygu eu gorseddau eu hunain gan ddilyn model Gorsedd Beirdd Ynys Prydain.

Eto i gyd, roedd datblygiadau'r bedwaredd ganrif ar bymtheg hefyd yn llawn peryglon i'r iaith Gymraeg. Er mwyn rheoli'r gweithwyr oedd

Iolo Morganwg (1747–1826) gan John Thomas

yn byw yn agos at ei gilydd mewn ardaloedd diwydiannol, roedd angen system o lywodraethu effeithiol ar y wladwriaeth Brydeinig. Yn hyn o beth roedd Cymru'n broblem, gan fod mwyafrif y boblogaeth yno yn siarad iaith wahanol ac yn mynychu'r capeli yn hytrach na'r eglwys. Byddai'r plant yn mynychu ysgolion Sul cyfrwng Cymraeg, a'r rhieni yn gwrthod addysg sefydliadau'r wladwriaeth.

Er mwyn datrys y broblem, apwyntiwyd comisiwn ym 1847 i ymchwilio i'r ymdrechion a wnaed i ddysgu Saesneg i'r dosbarthiadau gweithiol. Nid oedd y ffaith nad oedd yr arolygwyr yn medru Cymraeg yn rhwystr iddynt fynegi eu barn: fod y Gymraeg yn iaith hen ffasiwn, yn ddefnyddiol dim ond ar gyfer mynegi syniadau crefyddol a chyfansoddi barddoniaeth ynddi, ac yn rhwystro ei siaradwyr rhag esgyn i lefel uwch o wareiddiad; a bod y capeli yn hyrwyddo anfoesoldeb menywod Cymraeg. Roedd yr ymateb i'r adroddiad, a rwymwyd rhwng cloriau glas, yn un ffyrnig ar y pryd. Anfonwyd dwsinau o lythyrau at bapurau newydd a chylchgronau Cymraeg; cyhoeddwyd cyfres o gartwnau gan Hugh Hughes a phamffled gan Jane Williams, 'Ysgafell', i ddychanu'r comisiynwyr, ac ysgrifennwyd y ddrama *Brad y Llyfrau Gleision* gan Iorwerth Glan Aled, ac ynddi olygfa lle mae'r diafol yn cwrso'r comisiynwyr.

Eto i gyd, bu effeithiau hirdymor yr adroddiad yn wahanol. Tynhawyd rheolau noddi ysgolion er mwyn sicrhau fod pwyslais yn cael ei roi ar ganlyniadau Saesneg a Mathemateg, a than bwysau'r wasg Saesneg a ymosodai ar yr iaith yn ddyddiol, dechreuodd rhieni Cymraeg deimlo fod y Saesneg yn angenrheidiol ar gyfer llwyddiant yn y byd modern. Cytunai llawer â'r athrawon a fyddai'n cosbi plant am siarad Cymraeg yn yr ysgol drwy eu gorfodi i wisgo arwydd y 'Welsh Not' am eu gwddf, a churo'r plentyn a fyddai'n ei wisgo ar ddiwedd y dydd neu'r wythnos. Erbyn 1871 cyflwynwyd system addysg gynradd wladwriaethol hollol Saesneg a Seisnig oedd yn orfodol i bob plentyn.

Tua'r un cyfnod trodd y Chwyldro Diwydiannol yn berygl i'r Gymraeg hefyd, yng nghymoedd de Cymru, o leiaf. Parhaodd ardal y chwareli a'r diwydiant morwrol yn y gogledd-orllewin yn Gymraeg, ond ehangodd pyllau glo de Cymru mor gyflym fel bod angen cannoedd ar filoedd yn fwy o weithwyr nag oedd Cymru yn gallu eu cyflenwi. Yn wir, roedd y ganran mewnfudo yn ne Cymru gyfuwch ag un yr Unol Daleithiau. Rhwng 1851 a 1901, tyfodd poblogaeth Morgannwg, er enghraifft, o tua 240,000 i dros 1,130,000, a'r rhan fwyaf o'r mewnfudwyr yn dod o Loegr. Yn araf bach, newidiai iaith y capeli, oherwydd ystyrid achub eneidiau yn bwysicach nag achub iaith. Saesneg oedd y brif iaith ar lwyfan yr Eisteddfod Frenhinol Genedlaethol hefyd, a phan fyddai siaradwr Cymraeg a siaradwr Saesneg yn priodi, y Gymraeg oedd yn colli tir. Roedd siaradwyr yr iaith fain yn dueddol o beidio â dysgu Cymraeg, a'r Saesneg yn cael ei gweld fel porth addysg a llwyddiant yn y byd modern.

Erbyn cyfrifiad 1901, doedd ond 49% allan o dros ddwy filiwn o drigolion yng Nghymru yn siarad Cymraeg, ac er bod cyfrifiad 1911 wedi cofnodi'r nifer fwyaf erioed o siaradwyr yr iaith – bron â bod 'miliwn o siaradwyr Cymraeg' – roedd y ganran wedi syrthio i 43%. Yn waeth na hyn, nid oedd hi wastad yn ddiogel i siarad Cymraeg yn gyhoeddus. Roedd plentyn o'r enw Elvet Thomas yn chwarae ar Heol Severn, Caerdydd pan ofynnodd menyw ddieithr iddo ef a'i frawd bach ai Cymraeg a siaradent. Yna, yn ei eiriau ef, rhoddodd hi 'slapen galed ar draws fy moch a wnaeth imi wegian ar fy nhraed' cyn iddi gerdded i ffwrdd yn falch. Ond cafodd y gosb ddylanwad gwahanol i'r un y byddai hi wedi ei ddisgwyl. Sylweddolodd Elvet fod 'gan y Gymraeg ei gelynion' ac y byddai angen 'safiad cadarn' os oedd yr iaith i oroesi yn yr ugeinfed ganrif.

Roedd arwyr yr iaith wedi bod wrthi ers dros gant o flynyddoedd yn gwrthsefyll gelynion yr iaith, a hebddynt mae'n bosib na fyddai'r Gymraeg wedi goroesi'r bedwaredd ganrif ar bymtheg. Roedd Griffith Jones a Bridget Bevan wedi dysgu'r boblogaeth i ddarllen, ac oddi ar ddiwedd y ddeunawfed ganrif, roedd Cymry blaengar wedi beirniadu'r tueddiad i fawrygu'r Saesneg. Mae olion eu gweithgarwch yn atseinio hyd heddiw. Tuag at ddiwedd y 1790au, dyfeisiodd y bardd radical a'r baledwr Jac Glan-y-gors (John Jones) ddihiryn cas o'r enw Dic Siôn Dafydd – y Cymro di-asgwrn-cefn sy'n dychwelyd o Lundain yn llawn balchder a Saesneg gwael, ac yn gwrthod siarad Cymraeg â'i fam. Byddai baledi am 'blant Dic Siôn Dafydd' neu y 'Welsh Englishmen' yn lluosogi

Plant Dic Sion Dafydd.

CAN DDIGRIF

AM Y

CYMRY SEISNIG,

(WELSH ENGLISHMEN.)

CHWI hoff feibion Gomer gwrandewch bob yr un,
Agorwch eich llygaid a gwelwch eich llun ;
Mae'n hiaith yn ymgymysg,—O dyna chwi gam
Nes ydym bron colli yn llwyr iaith ein mam.

CYDGAN.

Truenus y gwaith, truenus y gwnith,
Fod achos i Gymro i wadu ei iaith.

Mae ffyliaid o Gymry i'w gweled bob dydd
Yn treisio iaith Gomer a'i gosod dan gudd ;

drwy gydol y bedwaredd ganrif ar bymtheg, a dramâu ar y pwnc yn cael eu llwyfannu erbyn diwedd y ganrif. Ymdrechodd 'Gwenynen Gwent', yr Arglwyddes Augusta Hall – a ddyfeisiodd wisg genedlaethol Cymru yn y 1830au – i wneud Eisteddfodau'r Fenni mor Gymreigaidd â phosibl, ac yn ei rhagair i rifyn cyntaf y cylchgrawn *Y Gymraes* ym 1850 ceryddwyd menywod Cymru ganddi am esgeuluso'u dyletswydd mwyaf fel mamau, gan alw arnynt: 'Siaradwch Gymraeg â'ch plant'.

Erbyn diwedd y ganrif sefydlwyd cymdeithasau megis Cymdeithas yr Iaith Gymraeg ym 1885 a sicrhaodd fod ychydig o Gymraeg ar gael yn ysgolion Cymru ar ôl 1893, tra oedd Cymdeithas Dafydd ap Gwilym yn Rhydychen yn gweithio ar ddatblygu'r iaith ei hun a chreu yr orgraff gyson a fabwysiadwyd yn swyddogol ym 1929. Pwysicach, o bosib, oedd y cydweithio rhwng Mallt Williams – ymgyrchydd brwd dros y Gymraeg a chefnogwr cynnar i Blaid Cymru – a'r hanesydd a'r addysgwr enwog Syr Owen M. Edwards. Ym 1896 sefydlodd hi Urdd y Delyn, y mudiad cyntaf i blant Cymraeg, a defnyddiwyd ei gylchgrawn newydd ef, *Cymru'r Plant*, i hyrwyddo'r mudiad. Dilynwyd yr Urdd hon gan Undeb y Ddraig Goch, cymdeithas er 'diogelu a hybu'r famiaith' a sefydlwyd gan y nofelydd Gwyneth Vaughan. Y mudiadau hyn a osododd y sylfeini i Syr Ifan ab Owen Edwards fedru sefydlu Urdd Gobaith Cymru ym 1922. Erbyn hynny, sefydlwyd cymdeithasau i oedolion, hefyd, megis Undeb Darllen Cymraeg. Ym 1913 unodd dros saith deg o gymdeithasau Cymraeg lleol i ffurfio Undeb Cenedlaethol y Cymdeithasau Cymraeg o dan arweiniad J. Tywi Jones, gweinidog a golygydd *Y Darian*, a D. Arthen Evans, athro ysgol o'r Barri. Eu pryder nhw oedd 'colli'r Gymraeg fel iaith y teulu a'r gwasanaeth crefyddol' ac i'r 'llanw Seisnig megis ton anferth' foddi Cymru 'fel y gorchuddiwyd Cantref y Gwaelod gynt'. Tan yr Ail Ryfel Byd, gweithiodd yr Undeb yn egnïol i wrthsefyll y llanw, gan drefnu bywyd cymdeithasol lleol drwy gyfrwng y Gymraeg ac ymgyrchu ar lefel genedlaethol dros ddefnyddio'r Gymraeg fel iaith swyddogol a'i hyrwyddo fel cyfrwng addysg a llên.

Plant Dic Sion Dafydd, cân ddigrif am y Cymry Seisnig

Ym 1983 mynegwyd gan Dafydd Iwan deimladau llawer am wrthsefyll y bygythiadau i'r Gymraeg pan soniodd, yn ei gân enwog 'Yma o Hyd', am barhad yr iaith 'er gwaetha pob Dic Siôn Dafydd'. Mae gwreiddiau'r teimladau hyn a stori'r frwydr dros yr iaith yn mynd yn ôl dros ddau gant o flynyddoedd, a heb yr arwyr cynnar hyn, ni fyddai'r 'iaith Gymraeg yn fyw'.

Mynedfa Eisteddfod Genedlaethol 1884, Lerpwl gan John Thomas

Huw Stephens

DOD O'R GALON

Dydy cerddoriaeth ddim yn ystyried, nac yn gorfod parchu, ffiniau.
Tra 'mod i'n credu fod y syniad hyn yn wir, mae cerddoriaeth yn mynd â'r diwylliant mae'n tarddu ohono i glustiau fydde fel arall o bosib ddim yn gwybod am y diwylliant hwnnw. Mae'r gallu hwnnw i deithio rownd y byd tra'n gwrando ar gerddoriaeth a'r diwylliannau sydd wedi ei hysbrydoli, heb orfod teithio o'ch soffa, yn bleserus tu hwnt.

Rwy'n credu fod e'n hawdd anghofio ar adegau, er gwaetha amlygrwydd y Gymraeg fwyfwy ar raglenni teledu ledled Prydain – yn frawddeg neu ddwy ar *Gavin and Stacey* neu'n llinell yma ac acw mewn dramâu eraill – pa mor anweledig a chwbl ddieithr yw'r Gymraeg i'r rheiny sydd yn byw tu allan i Gymru, neu hyd yn oed i bobl yng Nghymru sydd ddim yn siarad yr iaith.

Ro'n i'n cyfweld â band o'r enw Wet Paint unwaith ar Radio 1, a dyma'r prif leisydd, Sarah Datblygu, yn dod i'r stiwdio. Roedd gen i ddiddordeb yn y band, wrth gwrs, ond mwy o ddiddordeb efallai yn ei hail enw hi. Dangosodd y cerddor o Loegr ei *tattoo* i mi. ('Actually mae'n fy Nhatw', fel mae Dom a Lloyd yn ei ddweud yn y gân wefreiddiol 'Pwy Sy'n Galw?') Er nad oedd hi'n gallu siarad Cymraeg, roedd geiriau'r band uniaith Gymraeg o Aberteifi wedi ei gwefreiddio, diolch i raglenni John Peel i ddechrau ac i'w hôl-gatalog nhw wedyn. Roedd Sarah yn un o filoedd, wrth gwrs; un oedd wedi clywed rhywbeth mewn iaith doedd hi ddim yn ei deall, ond roedd rhywbeth wedi clicio. Dychmygwch ffan *reggae* yn clywed 'Dod o'r Galon' gan Aleighcia Scott ar donfeddi 1Xtra yn ddiweddar, a chlywed y Gymraeg am y tro cyntaf. Ddim yn deall ystyr y geiriau, efallai, ond yn gallu teimlo'r emosiwn, a deall y gerddoriaeth yn plethu a llais arbennig Aleighcia yn serennu.

Ddiwedd y 1990au fe ddaeth Gorky's Zygotic Mynci a Catatonia â'r Gymraeg mewn i'r brif ffrwd, eu perfformiadau ar Jools Holland a'u halbyms rhif-un yn mynd â'r Gymraeg i lefydd nad oedd hi wedi bod o'r blaen, a hynny ar raddfa mor amlwg. Plethodd y Super Furry Animals y Gymraeg i'w cerddoriaeth o'r dechrau, o ganeuon yn yr iaith i sloganau ar eu gwaith celf, ac fe deithiodd eu halbwm uniaith Gymraeg *Mwng* i bedwar ban byd, a chael ei ystyried fel clasur ymylol yn fyd-eang. Er

bod rhai yn mynnu fod hyn yn 'cŵl', y gwir oedd fod hyn i gyd yn hollol arferol; roedd yr iaith yn rhywbeth pob-dydd i'r bandiau yma. Ond wrth gwrs, doedd 'Cymru Gyffredin' ddim cweit mor drawiadol â 'Cool Cymru'. Yn Aberteifi, mewn perfformiad yng ngŵyl Other Voices/Lleisiau Eraill yn 2024, canodd James Dean Bradfield o'r Manic Street Preachers y gân 'Ready For Drowning' yn Gymraeg, heb ffŷs a heb rybudd. Roedd wedi bod yn dysgu Cymraeg ers tipyn yn dawel bach, ers iddo anfon ei blant i ysgolion cyfrwng Cymraeg, ac roedd yn awyddus i gyfieithu'r gân a'i chanu yn Gymraeg. Hwn oedd y tro cynta iddo ganu yn Gymraeg ers perfformio mewn côr, yn fachgen ysgol, yn Eisteddfod Ryngwladol Llangollen.

Mae llwyddiant Maes B, a'r croeso mae'n ei gynnig i bobl ifanc Cymru bob blwyddyn, yn werth ei nodi. I'r mwyafrif, iaith yr ysgol yn unig ydy'r Gymraeg. Felly, mae unrhyw ddigwyddiad sy'n cyfuno cerddoriaeth a defnydd o'r Gymraeg, ac sy'n rhywle mae pobl ifanc eisiau, a ddim yn gorfod, mynd iddo, yn hollbwysig. Yn yr un modd, yn y brifddinas, mae Clwb Ifor Bach yn rhoi'r Gymraeg mewn cyd-destun dinesig. O Cell B ym Mlaenau Ffestiniog i Cwrw yng Nghaerfyrddin, mae'r Gymraeg yn iaith fyw, gyffrous, yn offeryn i'w ddefnyddio.

Mae cerddorion sydd wedi dewis canu yn Gymraeg yn unig wedi cael llwyddiant hefyd, wrth gwrs. Rwy'n meddwl am y diweddar Geraint Jarman, oedd yn plethu ei gariad at *reggae*, roc a gwerin mewn dull mor naturiol a hudolus, a hynny trwy'r Gymraeg yn unig. Nid rhywbeth hen ffasiwn oedd hyn, na stwbwrn, ond penderfyniad personol a naturiol. Roedd parch tuag ato am hyn, ac mae hynny'n parhau. Mae llwyddiant Adwaith, y band arbennig o Gaerfyrddin, i fi yn adlewyrchu beth wnaeth Anhrefn yn y 1990au, jest bod ffrydio cerddoriaeth yn bosib nawr, yn lle bod rhaid gwasgu bocsys o gaséts a'u gwerthu o gefn fan. Fel band pync cyffrous Rhys Mwyn, maen nhw hefyd yn mynd â'u caneuon at ffans cerddoriaeth amgen ledled Ewrop, yn darganfod corneli o ffans chwilfrydig sy'n caru eu cerddoriaeth, sydd i gyd yn yr iaith Gymraeg.

Mae cwrdd â gwrandawyr fy rhaglen Radio Cymru wastad yn bleser. Ac rwy'n falch iawn o ddweud fod nifer ohonynt yn siaradwyr Cymraeg newydd. Mae gallu cyflwyno cerddoriaeth newydd yn y Gymraeg yn fraint, ac mae deall fod y rheiny sydd yn newydd i'r iaith hefyd yn ei hoffi yn meddwl y byd.

Pan es i ati i weithio ar y llyfr *Wales: 100 Records*, fy ngolygydd oedd Carolyn Hodges. Mae Carolyn yn dod o Swydd Buckingham, ac wedi gweithio i'r Oxford University Press. Ond ar ôl clywed y Super Furry Animals, fe ddechreuodd ei diddordeb yn y Gymraeg. Dysgodd yr iaith, symudodd i Gymru, dechreuodd weithio fel golygydd i wasg y Lolfa, ac mae'n siarad yr iaith gartref ac yn y gwaith bob dydd. Diolch byth am gerddoriaeth!

Elin Jones

YR UGEINFED GANRIF

Un noson tua dechrau'r ugeinfed ganrif cafodd merch fach o'r enw
Beti ei gwisgo yn y wisg Gymreig 'draddodiadol' gan ei rhieni, a'i gosod o
flaen cynulleidfa i adrodd y pennill hwn:

> Chwi dadau a mamau hen Walia wen,
> Na thorrwch y felys dant.
> Sefwch i fyny dros hen wlad y gân
> A dysgwch Gymraeg i'ch plant!

Ewythr ei thad oedd wedi cyfansoddi'r pennill, ac ef oedd arwr y teulu
cyfan – Evan Rees, y Prifardd Dyfed, Archdderwydd Cymru ar y pryd.
Ymddengys ei fod e, fel llawer o garedigion eraill y Gymraeg, yn pryderu
am ei dyfodol.

Ganed Beti yn 1907 a bu fyw i ddathlu ei phen-blwydd yn 90. Cofiodd
y pennill ar hyd ei hoes, ac mae ei stori hi'n rhan fechan o stori'r iaith
yn yr ugeinfed ganrif. Ym Morgannwg y ganed Beti, ardal fwyaf poblog
Cymru, lle roedd canran uchel o'r boblogaeth yn siarad Cymraeg yr adeg
honno. Dyma ardal y diwydiannau trymion a oedd yn darparu'r glo a'r
haearn a bwerai ffyniant yr Ymerodraeth Brydeinig. Roedd ôl diwygiad
crefyddol mawr 1904–05 ar Gymru gyfan o hyd, a chapeli mawr newydd
yn cael eu codi ar gyfer y cynulleidfaoedd niferus a brwd. Gweinidog
gyda'r Methodistiaid Calfinaidd – enwad cryfaf Cymru ar y pryd – oedd
tad Beti, a'i hen ewythr Dyfed hefyd.

Ond er mor ymddangosiadol lewyrchus oedd yr Ymerodraeth, y
Gymraeg ac anghydffurfiaeth adeg geni Beti, byddai'n byw i weld diwedd
yr Ymerodraeth a thrai ar ei hiaith a'i ffydd. Ymddangosodd enw Beti yng
nghyfrifiad 1911, y cyfrifiad a nododd fod 977, 366 o siaradwyr Cymraeg
yng Nghymru – y nifer uchaf erioed. Ond lleiafrif oedden nhw erbyn y
flwyddyn honno – 43% o'r boblogaeth – a hynny am y tro cyntaf erioed
hefyd. O hynny ymlaen, lleihau a wnaeth y ganran o siaradwyr Cymraeg
fesul cyfrifiad yn ystod yr ugeinfed ganrif.

Mae hanes yr iaith Gymraeg yn rhan o hanes y byd yn yr ugeinfed
ganrif. Siglwyd sylfeini pob gwlad yn Ewrop gan ddistryw a dioddefaint y

Rhyfel Byd Cyntaf. Wrth daenu'r llen ddu dros y gadair a enillodd Hedd Wyn yn Eisteddfod Penbedw yn 1917 a chyhoeddi bod y bardd ifanc wedi ei ladd yn ffosydd Ffrainc, roedd yr Archdderwydd Dyfed, hen ewythr Beti, yn coffáu miloedd o golledion eraill: cenhedlaeth o ddynion ifanc na fyddai'n dychwelyd i gartrefi Cymru.

Ergyd arall i iaith a diwylliant Cymru oedd dirwasgiad y 1920au a'r 1930au. Ymfudodd miloedd o bobl o Gymru i chwilio am waith yn Lloegr a thu hwnt, a phenderfynodd llawer o famau a thadau yng Nghymru dorri'r 'felys dant' a newid iaith yr aelwyd o'r Gymraeg i'r Saesneg er mwyn i'r plant gael gwell cyfle ym myd gwaith. Iaith y gegin gefn a'r gweithwyr caib a rhaw oedd y Gymraeg erbyn hyn ac fe'i gwelid fel rhwystr i unrhyw un a oedd am wella'i fyd.

Ar yr un pryd roedd statws newydd, academaidd, i'r iaith yng Nghymru. Roedd y Gymraeg yn bwnc prifysgol bellach, yn destun gwaith ysgolheigaidd pobl fel Syr John Morris-Jones. Roedd menywod wedi ennill yr hawl i ddilyn cwrs gradd ym Mhrifysgol newydd Cymru ac enillodd Beti raddau B.A. ac yna M.A. yng Ngholeg y Brifysgol, Caerdydd. Gwnaeth ffrindiau yn y coleg, a bu rhai o'r ffrindiau hynny yn flaenllaw yn yr ymgyrchoedd i godi statws y Gymraeg yn y 1920au a'r 1930au. Sefydlwyd Plaid Cymru yn 1925 gyda'r bwriad o ymgyrchu dros yr iaith a cheisio sicrhau taw'r Gymraeg fyddai unig iaith swyddogol Cymru. Nid oedd statws cyfreithiol i'r Gymraeg yng Nghymru ar y pryd; roedd pob dogfen swyddogol ac arwyddion cyhoeddus yn Saesneg yn unig. Saesneg hefyd oedd iaith y sinema a'r radio, y cyfryngau newydd oedd yn tyfu'n fwyfwy poblogaidd a dylanwadol. Ymunodd Beti â'r blaid newydd, a bu'n aelod ohoni trwy gydol ei hoes.

Wedi gorffen yn y brifysgol, aeth Beti i ddysgu Cymraeg mewn ysgol – ysgol Saesneg ei chyfrwng fel pob ysgol arall yn y wlad ar y pryd. Yn wir, gwaharddwyd yr iaith yn gyfan gwbl yn yr ysgol yng Nghaerdydd lle derbyniodd Beti ei haddysg ei hun. Yr ysgol gyntaf yng Nghymru i ddysgu

Beti Rhys (1907–2003)

trwy gyfrwng y Gymraeg oedd yr ysgol breifat a sefydlodd Syr Ifan ab Owen Edwards yn Aberystwyth yn 1939. Syr Ifan hefyd sefydlodd Urdd Gobaith Cymru yn 1922, gyda'r bwriad o amddiffyn y Gymraeg a rhoi cyfleoedd amrywiol i bobl ifanc fwynhau ystod o weithgareddau trwy'r Gymraeg. Daeth y mudiad yn boblogaidd iawn – roedd ganddo 3,000 o aelodau erbyn diwedd 1923. Yn 1929 cynhaliwyd eisteddfod gyntaf yr Urdd, ac yn 1932 agorwyd gwersyll Llangrannog. Mae'r Urdd wedi datblygu'n fawr ers ei dyddiau cynnar, ond yr un yw ei hamcanion o hyd, ac mae ei llwyddiant hi yn rhan o stori'r iaith yn yr ugeinfed ganrif.

Ond yn y 1930au hefyd y dechreuodd y paratoadau at ryfel â'r Almaen Natsïaidd, gan achosi un o'r protestiadau enwocaf dros yr iaith. Yn 1936 penderfynodd y llywodraeth sefydlu un o wersylloedd hyfforddi'r llu awyr ym Mhenyberth yn Llŷn, un o gadarnleoedd yr iaith Gymraeg. Ofer fu pob gwrthwynebiad a phrotest heddychlon. Yn y diwedd rhoddwyd y gwersyll ar dân gan Saunders Lewis, D. J. Williams a Lewis Valentine – tri o aelodau amlycaf Plaid Cymru ar y pryd. Datblygodd yr achos yn *cause célèbre*, oherwydd y penderfyniad i gynnal yr achos yn Llundain ac oherwydd agwedd ddirmygus y barnwr tuag at yr iaith Gymraeg. Carcharwyd y tri throseddwr yn Wormwood Scrubs, ond cawsant eu croesawu fel arwyr gan filoedd o bobl pan ddaethant adref i Gaernarfon ar ddiwedd eu cyfnod yn y carchar.

O 1939 ymlaen roedd ffocws pawb ar ymladd Natsïaeth, a gwireddwyd ofnau protestwyr Penyberth. Daeth miloedd o blant o drefi a dinasoedd Lloegr i ymgartrefu dros dro gyda theuluoedd Cymraeg; sefydlwyd gwersylloedd ar gyfer milwyr a ffoaduriaid ledled Cymru. Dylanwadwyd ar iaith sawl aelwyd a chymuned o ganlyniad.

Pan etholwyd llywodraeth Lafur yn 1945, ei bwriad oedd creu gwell byd i bobl Prydain gyfan. Ond Saesneg fyddai iaith y dyfodol hwn – iaith ryngwladol yr Ymerodraeth Brydeinig. Ym marn llawer o wleidyddion y cyfnod, roedd ieithoedd lleiafrifol Prydain yn rhwystro'r datblygiadau dyngarol a sosialaidd oedd yn yr arfaeth. Rhywbeth oedd yn perthyn i'r oes a fu, i gymdeithas wledig, ranedig a chul ei gorwelion, oedd yr ieithoedd hyn.

Ond nid pawb yng Nghymru oedd yn cytuno â hynny. Yn sicr nid yr Eisteddfod Genedlaethol, a gyflwynodd reol ym Mhrifwyl Caerffili yn 1950 mai'r Gymraeg yn unig oedd i'w defnyddio ar lwyfan yr Eisteddfod. Bedair blynedd ynghynt, agorodd Ysgol Gymraeg Dewi Sant yn Llanelli, yr ysgol gynradd Gymraeg ei chyfrwng gyntaf i gael ei sefydlu gan awdurdod lleol, y gyntaf o gannoedd a fyddai'n cael eu sefydlu ledled Cymru yn ail hanner yr ugeinfed ganrif. Roedd nifer cynyddol o rieni Cymru am adfer y 'felys dant' a gweld eu plant yn siarad yr iaith a gollwyd o'u haelwydydd ers cenhedlaeth.

Arwydd arall o hynny oedd yr ysgolion gwirfoddol ac answyddogol a gafodd eu sefydlu yn y 1950au a'r 1960au ar gyfer plant bach. 'Mam a'i phram' oedd y llysenw i gychwyn ar y grwpiau anffurfiol hyn a fyddai'n darparu cyfleoedd i blant chwarae a chymdeithasu trwy'r Gymraeg cyn iddyn nhw ddechrau ar eu haddysg ffurfiol – ac addysg trwy gyfrwng y Saesneg.

Roedd Eileen a Trefor Beasley o Langennech yn rhieni ifainc yn y 1950au, ac yn rhannu'r awydd i sicrhau dyfodol yr iaith. Roedden nhw hefyd yn barod i weithredu drosti trwy wrthod derbyn unrhyw ffurflen swyddogol yn Saesneg gan eu hawdurdod lleol. Ymddangosodd y ddau yn y llys 16 o weithiau ac atafaelwyd eu celfi. Ond yn 1960 ildiodd y cyngor a dechrau darparu gohebiaeth Gymraeg. Eithafwyr oedd Eileen a Trefor i lawer ar y pryd, a byddai'r ffaith fod Trefor wedi ei garcharu'n ddiweddarach – oherwydd iddo wrthod talu treth car fel rhan o ymgyrch Cymdeithas yr Iaith – yn cael ei gweld gan rai fel prawf pellach o hynny. Erbyn heddiw mae plac ar eu hen gartref yn Llangennech sy'n eu disgrifio fel 'ymgyrchwyr arloesol dros yr iaith Gymraeg'.

Roedd newid agwedd y cyngor yn adlewyrchu newid gwleidyddol a chymdeithasol sylfaenol oedd yn digwydd ledled Cymru yn y blynyddoedd ar ôl yr Ail Ryfel Byd. Yn 1950 dewisodd Beti roi'r gorau i'w swydd fel athrawes a sefydlu siop lyfrau yng nghanol Caerdydd. Darparu llyfrau ar gyfer myfyrwyr prifysgol oedd ei phrif fwriad, ond roedd am werthu llyfrau Cymraeg hefyd, a daeth ei siop fechan yn gyrchfan boblogaidd i Gymry Cymraeg y ddinas a thu hwnt.

Sefydlwyd Cyngor Cymru a Mynwy yn 1948 i drafod rhai materion Cymreig. Dyma arwydd o ymwybyddiaeth y llywodraeth ganolog o ddylanwad cynyddol cenedlaetholdeb yng Nghymru. Roedd ymdeimlad o hunanhyder yn datblygu yn y wlad ac roedd sefydlu mudiad trawsbleidiol Ymgyrch Senedd i Gymru yn 1950 yn arwydd o hynny. Er i'w ddeiseb yn gofyn am Senedd i Gymru, a lofnodwyd gan tua 250,000 o bobl, gael ei gwrthod gan Senedd San Steffan, roedd newid yn y gwynt.

Ond nid oedd bodolaeth y Cyngor newydd yn ddigon i rwystro'r Senedd rhag pleidleisio dros foddi pentref gwledig yn sir Feirionnydd. Yn 1956 gofynnodd Cyngor Dinas Lerpwl i'r Senedd am ganiatâd i greu cronfa ddŵr newydd ar gyfer y ddinas yng nghwm Tryweryn. Yno roedd pentref Capel Celyn, un o'r cymunedau uniaith Gymraeg olaf. Daeth boddi Tryweryn yn symbol pwerus o'r perygl i'r iaith. Bu protestiadau cyhoeddus mawr a gwrthwynebwyd y cynllun gan y rhan fwyaf o Aelodau Seneddol Cymru, ond lleiafrif bach oedden nhw yn San Steffan. Ym mis Gorffennaf 1957 pasiodd y Senedd y ddeddf a fyddai'n caniatáu boddi'r cwm, ac agorwyd cronfa Tryweryn yn Hydref 1965, er gwaetha'r blynyddoedd o brotestio ac ymgyrchu yn ei herbyn.

Ym Mehefin 1966 etholwyd Gwynfor Evans yn Aelod Seneddol dros Gaerfyrddin. Dyma'r tro cyntaf erioed i Blaid Cymru ennill sedd yn San Steffan, ac roedd ei fuddugoliaeth yn adlewyrchu'r ymdeimlad newydd yng Nghymru na fyddai ganddi reolaeth dros ei materion ei hun, na diogelwch i'r iaith, oni bai ei bod yn ennill hunanlywodraeth.

Erbyn hynny hefyd roedd 'Tynged yr Iaith', araith danbaid y llenor Saunders Lewis a ddarlledwyd gan y BBC ym mis Chwefror 1962, wedi ysbrydoli cenhedlaeth newydd i ymgyrchu dros yr iaith – 'yr unig fater politicaidd y mae'n werth i Gymro ymboeni ag ef' yng ngeiriau Saunders. Galwodd ar y Cymry i ddilyn esiampl y Beasleys trwy ymgymryd â phrotestiadau sifil di-drais. Byddai hynny'n golygu gwrthod llenwi

---

Saunders Lewis, Lewis Valentine a D. J. Williams, tua'r 1960au

Protest yn Lerpwl yn erbyn y bwriad i foddi Capel Celyn, 21 Tachwedd 1956

ffurflenni swyddogol oedd yn uniaith Saesneg, derbyn eu cosb am wneud hynny a bod yn barod i fynd i garchar os oedd rhaid – yn union fel y gwnaeth Trefor Beasley. Dyna'r hyn a wnaeth cannoedd o Gymry eraill yn ystod y 1960au, fel rhan o ymgyrchoedd Cymdeithas yr Iaith Gymraeg a sefydlwyd yn sgil darlith Saunders. Roedden nhw hefyd yn rhan o don o fudiadau protest gan bobl ifanc a ysgubodd dros y byd yn ystod y blynyddoedd hyn, gan gyrraedd eu penllanw yn 1968. Roedd cenhedlaeth newydd am greu gwell byd, un lle byddai hawliau a diwylliannau lleiafrifoedd yn cael eu parchu. Mae caneuon protest Dafydd Iwan a Joan Baez yn perthyn i'r cyfnod cyffrous hwn, ac yn adlewyrchu ei ysbryd gwrthryfelgar a gobeithiol.

Dyma gefndir gwleidyddol, cymdeithasol a diwylliannol Deddf Iaith 1967, y ddeddf a roddodd hawliau i'r iaith Gymraeg am y tro cyntaf ers hanner mileniwm. Hawliau cyfyngedig oeddynt ond dyma newid cyfansoddiadol mawr. Nid yw'n rhyfedd felly i'r penderfyniad i gynnal defod rwysgfawr frenhinol yng Nghaernarfon ym mis Gorffennaf 1969 achosi protestiadau chwyrn. Yr achlysur oedd arwisgo Siarl, mab hynaf y Frenhines Elisabeth II, yn Dywysog Cymru, un o deitlau traddodiadol etifedd y goron ers 1301. Yr hen arfer oedd cynnal yr arwisgiadau yn y Senedd yn Llundain, ond yn 1911 fe benderfynwyd cynnal arwisgiad Edward, mab hynaf Siôr V, mewn seremoni liwgar yng nghastell Caernarfon. Ar ddiwedd y bedwaredd ganrif ar bymtheg, bu llawer o alw am hunanlywodraeth i holl genhedloedd y Deyrnas Unedig, gan gynnwys Cymru. Mae'n debyg mai ymgais oedd hwn i ennyn cefnogaeth yng Nghymru i'r frenhiniaeth ac i Brydeindod yn gyffredinol. Roedd y penderfyniad i gynnal defod arwisgo 1969 yng nghastell Caernarfon yn adlewyrchu pryderon tebyg y llywodraeth ganolog dros hanner canrif yn ddiweddarach.

Ond roedd y byd wedi newid yn ddirfawr ers 1911. Roedd protestiadau di-rif yn erbyn arwisgo 1969, a rhai ohonynt yn dreisgar y tro hwn.

Senedd Cymru

Lladdwyd dau ddyn wrth geisio gosod bom a darganfuwyd bomiau eraill na ffrwydrodd. Collodd bachgen ei droed pan faglodd dros ffrwydron oedd wedi eu gosod ger y castell yng Nghaernarfon. Mae'r digwyddiadau erchyll hyn yn dangos dwyster y teimladau yn erbyn yr arwisgo, a hefyd yr elfen eithafol a militaraidd oedd wedi datblygu ar ymylon y byd gwleidyddol. Serch hynny, mae llywodraeth San Steffan wedi hen arfer â gwrthwynebiadau treisgar ac mae holl bŵer y wladwriaeth ar gael i'w dofi, o'r lluoedd arfog i'r heddlu cudd. Ond nid oes amddiffyniad yn erbyn dychan, ac roedd caneuon doniol a brathog Dafydd Iwan fel 'Carlo' a 'Croeso Chwedeg Nain' yn gwneud hwyl am ben yr arwisgo ac am ben y frenhiniaeth hefyd ac yn boblogaidd iawn gyda miloedd o bobl ifanc.

Roedd yr arwisgo yn drobwynt: o hyn ymlaen byddai'r ymgyrchwyr iaith yn glynu at ddulliau di-drais, a'r awdurdodau'n barotach i drafod a chyfaddawdu. Roedd y Swyddfa Gymreig wedi ei sefydlu yn 1964, a rhoddwyd cyfrifoldebau iddi fu gynt yn nwylo'r llywodraeth ganolog a Chyngor Cymru a Mynwy. Roedd aelodaeth Plaid Cymru yn tyfu'n gyson ac o hynny ymlaen etholwyd mwy a mwy o'i haelodau yn gynghorwyr lleol ac Aelodau Seneddol. Nid oedd ychydig o ddatganoli yn cwrdd â'r galw am fwy o hunanlywodraeth. Wedi dweud hynny, os oedd y gefnogaeth i'r iaith Gymraeg yn cynyddu, roedd canlyniad pob cyfrifiad yn dangos bod y niferoedd a siaradai'r iaith yn dal i ostwng, yn enwedig yn y de a'r dwyrain. Yn 1968 gwerthodd Beti ei busnes ac aeth i fyw i Aberystwyth, gan y byddai'n haws iddi fyw bywyd trwy'r Gymraeg yno nag yng Nghaerdydd.

Dangosodd cyfrifiad 1971 mai 11.3% yn unig o blant rhwng tair a phedair oed yng Nghymru oedd yn medru'r Gymraeg. Erbyn 1971 roedd tua 65 o gylchoedd meithrin cyfrwng Cymraeg, ac roedd tystiolaeth y cyfrifiad yn sbardun i sefydlu Mudiad Ysgolion Meithrin i'w hybu a'u datblygu. Datblygodd y Mudiad yn sylweddol dros y degawdau nesaf ac mae pob cyfrifiad ers hynny wedi nodi cynnydd yn y niferoedd o blant sy'n medru'r Gymraeg.

Er i refferendwm ar ddatganoli yn 1979 brofi bod mwyafrif y pleidleiswyr yn gwrthwynebu hunanlywodraeth, roedd galw o hyd am fwy o ddatganoli, ac yn enwedig am fwy o ddarpariaeth yn y Gymraeg. Sefydlwyd gwasanaeth radio yn y Gymraeg yn 1977, ond hen gyfrwng oedd y radio erbyn hynny. Trwy'r 1970au bu ymgyrchwyr iaith yn brwydro dros gael gwasanaeth teledu yn y Gymraeg. Bu llawer o ddadlau, ac yna cyhoeddodd Gwynfor Evans yn 1980 y byddai'n ymprydio hyd at farwolaeth os na fyddai gwasanaeth teledu yn cael ei ddarparu yn y Gymraeg. Dechreuodd S4C, sef Sianel Pedwar Cymru, ddarlledu ym mis Tachwedd 1982.

Dathlodd Beti ei phen-blwydd yn 90 yn 1997, blwyddyn yr ail refferendwm ar elfen o hunanlywodraeth i Gymru. Y tro hwn dewisodd mwyafrif y pleidleiswyr gefnogi'r cynnig, ond o drwch blewyn yn unig. Felly yn ei henaint fe welodd Beti Rhys wireddu rhai o freuddwydion ei hieuenctid. Gwelodd elfen sylweddol o hunanlywodraeth yng Nghymru, a gwelodd bobl Cymru'n dewis sefyll 'i fyny dros hen wlad y gân' a diogelu'r Gymraeg trwy ei defnyddio, ei dysgu a'i dathlu. Roedd ymdrechion cewri fel Saunders Lewis, gwleidyddion fel Gwynfor Evans, cantorion fel Dafydd Iwan, rhieni fel Trefor ac Eileen Beasley, a miloedd o Gymry cyffredin fel Beti, wedi sicrhau parhad stori'r iaith Gymraeg i'r unfed ganrif ar hugain.

Elis James

YMA O HYD

Un o'r pethau mwyaf annisgwyl, mwyaf rhyfedd am gyrraedd Cwpan y Byd, am y tro cyntaf ers 1958, oedd gweld Cafu, un o bêl-droedwyr gorau Brasil erioed, yn ein croesawu ni fel cenedl i bencampwriaeth fwyaf poblogaidd y byd chwaraeon. 'Cymru, croeso 'nôl,' meddai'r unig ddyn mewn hanes i chwarae mewn tair gêm derfynol Cwpan y Byd. 'Good luck, boyos, iechyd da!' I fod yn deg i Cafu, mi oedd hi'n ymdrech dda iawn i ynganu geiriau Cymraeg, ac ystyried ei fod e'n dod o Itaquaquecetuba yn Sao Paolo. Fi wedi clywed gwaeth gan bobl sy'n byw yng Nghymru.

Ma' sawl peth arwyddocaol am y fideo fer a ffilmiwyd ar gyfer ymgyrch farchnata Budweiser cyn Cwpan y Byd Qatar yn 2022. Dyw hi ddim yn cyfeirio at *Wales* o gwbl. Ma' Cafu yn cyfeirio at *Gymru*, ac ma'r defnydd o'r Gymraeg yn teimlo'n naturiol. Ma' agwedd y byd pêl-droed tuag at y Gymraeg wedi dod yn bell ers i fi ddechrau gwylio Cymru'n chwarae 'nôl yn 1990. Trwy hap a damwain, ma' ymroddiad Ian Gwyn Hughes fel pennaeth cyfathrebu Cymdeithas Bêl-droed Cymru i'r dasg o wneud yr iaith yn ganolog i waith y Gymdeithas wedi cyd-daro â'n hoes aur ar y cae. Ma' llwyddiant timoedd y dynion a'r menywod trwy gyrraedd pencampwriaethau fel Cwpan y Byd a'r Ewros wedi denu sylw at Gymru mewn ffordd newydd, unigryw, ac ma'r Gymraeg wedi bod yn rhan annatod, anhepgor o'r ffordd ry'n ni'n cyflwyno ein hunain i gynulleidfa newydd dros y blynyddoedd diwethaf.

Dyw e ddim wastod wedi bod fel hyn. Pan dwi'n edrych nawr ar y rhaglenni brynais i yn fy ngemau cyntaf yn y 1990au cynnar, dim ond un erthygl yn y Gymraeg dwi'n ei gweld fel rheol ymhob un (wedi ei hysgrifennu fel arfer gan Ian Gwyn Hughes, yn rhinwedd ei swydd ar y pryd fel cyflwynydd chwaraeon i'r BBC). Ma' sylwadau Ysgrifennydd y Gymdeithas Bêl-droed wedi eu cyfieithu, ond Saesneg yw iaith y gweddill, a Saesneg yn unig oedd iaith y cyhoeddiadau yn y stadiwm.

Erbyn hyn, wrth gwrs, ma'r rhaglen (fel popeth ar y wefan) yn ddwyieithog, ond yn fwy syfrdanol na hynny, dros y blynyddoedd diwethaf, ma'r byd Saesneg yn meddwl ein bod ni wedi newid ein henw. Erbyn heddiw, ma'r Gymdeithas Bêl-droed yn cyfeirio at 'Gymru' yn

unig yn y wasg – 'Cymru' yn unig sydd ar y sgrin fawr yn y stadiwm, a 'Chymru' sy'n cael ei ddefnyddio gan y Gymdeithas yng nghyfarfodydd UEFA a FIFA. Ma' gwledydd eraill wedi gwneud rhywbeth tebyg ('Türkiye' erbyn hyn yn lle 'Turkey', er enghraifft). Wnes i fyth ragweld hyn 'nôl yn y nawdegau, pryd roedd y Gymraeg yn teimlo fel ôl-nodyn yn y byd pêl-droed ac roedd cymryd rhan mewn pencampwriaethau fel yr Ewros yn teimlo fel rhywbeth oedd yn digwydd i wledydd eraill.

Ma' pêl-droed yn rhoi cyfleoedd arbennig i Gymru fel gwlad. Does dim camp neu faes arall yn gallu cystadlu gyda phêl-droed yn fyd-eang. O bell ffordd, Gareth Bale yw'r Cymro neu Gymraes mwyaf enwog erioed. Ma' enwogrwydd pêl-droed (yn enwedig yr enwogrwydd sy'n dod o chwarae i Real Madrid) yn treiddio i lefydd nad yw Hollywood na cherddoriaeth yn eu cyrraedd. Yn wahanol i sawl camp arall, ma'r pêl-droedwyr talentog o Gymru yn cystadlu dros y Ddraig Goch yn hytrach na thros Brydain mewn cystadlaethau rhyngwladol. Dychmygwch y golygfeydd yn swyddfa Bwrdd Twristiaeth Cymru, bob tro byddai Bale yn estyn am fflag Cymru ar ôl iddo ennill y Champions League o flaen miliynau.

Fe ddaeth y llifoleuadau hyn i Gymru yn ystod yr un cyfnod roedd agweddau tuag at y Gymraeg yn newid yn swyddogol yn y Gymdeithas

Bêl-droed, a hefyd yn answyddogol ymysg y cefnogwyr. Ar noswaith fythgofiadwy yng Nghaerdydd ym mis Mehefin 2022, canodd Dafydd Iwan 'Yma o Hyd' i gyfeiliant 33,000 o bobl, y Cymry di-Gymraeg yn canu yr un mor angerddol â'r cefnogwyr oedd yn siarad Cymraeg fel iaith gyntaf. Roedd Dafydd wedi canu'r gân i ymateb llawer llai brwdfrydig yn Stadiwm y Mileniwm tua ugain mlynedd ynghynt, ond roedd chwyldro wedi digwydd yn y cyfamser. Yr atgof o'r gêm honno a'r gwahaniaeth yn agwedd y dorf cyn y gêm yn erbyn Wcráin achosodd i ddagrau Dafydd Iwan lifo ar y noswaith sgoriodd Gareth Bale y gôl i fynd â Chymru i Qatar. Roedd e'n teimlo fel carreg filltir ar ac oddi ar y cae.

Ma' clwb cymdeithasol enfawr o'r enw Wales Away wedi tyfu yn ystod y pymtheg mlynedd diwethaf – y miloedd o lysgenhadon o Gymru sy'n teithio o gwmpas Ewrop i gefnogi'r tîm. Trwy gyfrwng meddwi, dathlu a phêl-droed, ma'r nifer fawr iawn o gefnogwyr sy'n hanu o gadarnleoedd yr iaith wedi cyflwyno'r Gymraeg i Gymry sy' ddim yn ei chlywed bob dydd. Dwi wedi clywed sôn am sawl person sydd wedi dysgu'r iaith ar ôl cael ei ysbrydoli mewn rhyw gornel estron o Ewrop. Ma'n caneuon ni'n wahanol i bawb arall, mae ein diwylliant pêl-droed yn wahanol i bawb arall, a'r iaith yw'r arwydd mwyaf amlwg i'r byd ein bod ni'n wlad unigryw.

Ni wedi dod yn bell. Ma' dal mwy i'w wneud, wrth gwrs. Un peth anffodus am y bathodyn newydd ar y crysau yw'r ffaith nad yw e'n cynnwys ein harwyddair hanesyddol 'Gorau Chwarae Cyd Chwarae', un o'r brawddegau prin oedd wedi cyrraedd ymwybyddiaeth y Cymry di-Gymraeg (mae e nawr ar gefn y coler). Ond y gobaith yw y bydd y gwelededd newydd yma i'r Gymraeg sydd wedi dod o'r byd pêl-droed yn creu esiampl i sefydliadau cyhoeddus eraill. Y peth mwyaf cyffrous, serch hynny, yw'r newid mewn agwedd dwi wedi'i weld yn y dorf, ymysg y cefnogwyr. Dwi'n ysgrifennu'r bennod yma ar ôl dod 'nôl o wylio Cymru yn chwarae yn Skopje, Gogledd Macedonia, a chlywed cefnogwyr yn canu yn Saesneg, Cymraeg a chymysgedd o'r ddwy. Doedd hyn ddim yn digwydd 30 mlynedd 'nôl. Pwy a ŵyr ble fyddwn ni mewn 30 mlynedd arall.

Emyr Davies

SIARADWYR CYMRAEG NEWYDD

Mae dysgu Cymraeg yn cŵl. Nid felly roedd hi yn y gorffennol pell – roedd dysgwyr yn frid od ac anweledig. Erbyn hyn, mae llawer iawn o oedolion wedi dysgu Cymraeg yn llwyddiannus ac yn barod i ddefnyddio'r iaith yn gyhoeddus, wrth eu gwaith ac wrth gymdeithasu. Mae'r rhain yn cynnwys gwleidyddion, unigolion o fyd chwaraeon, actorion a chantorion… pobl o bob maes dan haul.

Does dim amheuaeth fod y teledu a'r cyfryngau wedi gwneud gwahaniaeth mawr o ran gwneud dysgwyr yn weladwy ac yn glywadwy. Mae cymeriadau sydd wedi dysgu Cymraeg yn ymddangos mewn dramâu ac operâu sebon; mae cyfresi am ddysgwyr ac i ddysgwyr yn boblogaidd iawn. Sefydlwyd cystadleuaeth 'Dysgwr y Flwyddyn' ers deugain mlynedd bellach, gan godi proffil dysgwyr cyffredin nad ydynt o reidrwydd yn ysgolheigion nac yn ieithyddion. Yn fwy na dim, mae hyn oll wedi plannu un syniad sylfaenol ym meddyliau pobl: ydy, mae dysgu Cymraeg yn *bosib*.

Fel y mae cystadlaethau fel 'Dysgwr y Flwyddyn' yn ei ddangos, mae'r llwybr a ddilynir gan bob siaradwr newydd yn wahanol, ac yn aml yn flêr. Nid yw dysgu Cymraeg, neu ddysgu unrhyw iaith o ran hynny, yn dilyn llwybr union, llinol. Mae pobl yn dechrau ac yn ailddechrau, yn codi gair neu ymadrodd ar hap wrth ddarllen neu wrth wylio'r teledu, ac yn meddu ar storfeydd amrywiol o iaith oddefol a ddysgwyd ar adegau gwahanol. Prin yw'r rhai sydd yn dod i wers Gymraeg heb un gair o'r iaith. Rhan o waith y tiwtor sy'n eu dysgu yw datgloi'r storfeydd hyn er mwyn galluogi'r dysgwyr i roi'r wybodaeth a'r medrau hynny ar waith.

Gall rhesymau pobl dros ddechrau dysgu Cymraeg fod yn gymhleth, ac mae cymhelliant yn un o'r ffactorau allweddol, wrth gwrs. Dylwn nodi fan hyn mai am y sector dysgu oedolion y bydd yr ysgrif hon yn sôn yn bennaf; mae pethau'n wahanol iawn yn y sector ysgolion. Efallai mai cymhelliant yw un o'r pethau lle bo gwahaniaeth amlwg. Mae oedolion sy'n dysgu Cymraeg fel arfer yn *dewis* dysgu. Prin iawn yw'r sawl sy'n *gorfod* dysgu oherwydd gofynion swydd neu ofynion ymarferol eraill.

Mae hi'n ddiddorol holi pam mae dysgwyr yn dechrau dysgu yn y lle cyntaf. Mae'r rhan fwyaf yn dysgu am resymau integreiddiol; hynny

Lucy Cowley, Dysgwr y Flwyddyn 2025

yw, maen nhw eisiau teimlo'n rhan o gymdeithas, boed yn deulu, mewn rhwydwaith o ffrindiau neu'r gymuned lle maen nhw'n byw. Gall rhai fod yn awyddus i helpu eu plant neu'r wyrion yn yr ysgol; gall eraill fod yn ceisio ailafael mewn agwedd ar eu hunaniaeth. Mae ambell un yn cael eu dal gan ryw abwyd diwylliannol, a'u swyno – boed hynny drwy glywed caneuon y sîn roc Gymraeg neu drwy ddarllen Pedair Cainc y Mabinogi. Gall y cymhelliant hwnnw newid dros amser hefyd. O ymuno â dosbarth neu feithrin rhuglder mae cyfleoedd newydd yn dod i'r amlwg, gan newid cyfeiriad bywyd yr unigolyn.

Mewn cyd-destunau a gwledydd eraill, gall rhesymau unigolyn dros ddysgu iaith arall fod yn dra gwahanol ac yn fwy pragmataidd. Weithiau, *rhaid* dysgu'r iaith leol er mwyn cael mynediad i brifysgol, neu er mwyn cael hawliau dinesydd yn y wlad honno; yn sicr, mae dysgu iaith yn hanfodol er mwyn cael mynediad i'r byd gwaith. Chewch chi ddim gweithio ym maes iechyd yn yr Almaen heb fedru'r Almaeneg… a bod gennych gymhwyster i brofi hynny. Rhaid ennill cymhwyster mewn iaith i fedru aros yn barhaol yn y rhan fwyaf o wledydd Ewropeaidd, a phasio arholiad sydd weithiau ar lefel uchel. Wrth geisio dwyn perswâd ar bobl i ddysgu iaith lai ei defnydd fel y Gymraeg, nid yw'r rhesymau mor ddu a gwyn. Rhaid defnyddio dadleuon mwy haniaethol er mwyn denu pobl at y Gymraeg. Wedi dweud hynny, *mae* rhai swyddi lle bo hyfedredd yn y Gymraeg yn hanfodol neu'n fanteisiol iawn, e.e. er mwyn gweithio yn y byd addysg, a rhai swyddi yn y sector cyhoeddus. Gall hyn newid yn y dyfodol.

Felly, unwaith i unigolion benderfynu eu bod nhw eisiau dysgu Cymraeg, sut mae mynd ati? *Sut* mae pobl yn dysgu Cymraeg? Mae llawer yn dysgu trwy gymathu, a hynny ynghlwm â'u rhesymau dros ddechrau dysgu yn y lle cyntaf. Er enghraifft, maen nhw'n symud i ardal lle mae'r Gymraeg yn brif iaith y gymuned ac wedyn yn codi'r iaith drwy ymwneud â chymdogion, neu'n dod yn rhan o deulu lle bo'r Gymraeg yn gyfrwng naturiol. Does dim llawer o gymunedau Cymraeg sy'n ddigon cadarn i gymathu dyfodiaid, ond mae'n gallu digwydd lle bydd y darpar siaradwyr yn taro ar gylchoedd cymdeithasol cefnogol.

Llwybr arall posib yw ymuno â chwrs Cymraeg. Mae myrdd o gyrsiau ac adnoddau wedi bodoli dros y blynyddoedd – llyfrau dosbarth, llyfrau hunanddysgu, rhaglenni radio a theledu, cyrsiau ac adnoddau ar-lein. Does dim ond angen enwi Catchphrase, Now You're Talking, Wlpan... a phob un o'r rhain wedi bod yn werthfawr yn eu tro. Mae'r dulliau dysgu a ddefnyddir mewn dosbarthiadau Cymraeg i oedolion wedi newid dros amser, a'r dulliau gwahanol hynny'n addas i ddysgwyr gwahanol. Does dim *un* dull, un Greal Sanctaidd methodolegol yn bodoli.

Nid dyma'r lle i archwilio dulliau dysgu iaith dros y blynyddoedd. Fodd bynnag, mae'n werth tynnu sylw at rai nodweddion. Roedd y dull 'gramadeg a chyfieithu' yn bodoli am ganrifoedd, ac mae'r enw'n ei esbonio'i hun. Byddai'r athro'n esbonio rheolau gramadeg yr iaith darged ac yn gosod ymarferion cyfieithu ysgrifenedig. Ysgolheigion fyddai'n debygol o ddilyn cwrs fel hwn ac o elwa ohono. Roedd y 'dull union' yn gwbl wahanol – yr athro'n trochi'r dysgwyr yn yr iaith darged yn unig drwy siarad â nhw, heb strwythuro nac esbonio. Mewn cyfnodau diweddarach, daeth y dull 'clywlafar' i fri, a oedd yn dibynnu'n rhannol ar ddrilio a disodli mewn patrymau strwythuredig a deialogau. Tyfodd y 'dull cyfathrebol' o chwedegau'r ganrif ddiwethaf ymlaen, er bod cryn amrywio ar sut roedd hyn yn cael ei weithredu. Roedd y dull hwn yn rhannu'r iaith yn sefyllfaoedd a'r dysgwyr yn dysgu ymadroddion i gyfathrebu yn y sefyllfa dan sylw. Dyna olwg brysiog dros hanes dulliau dysgu iaith. Erbyn heddiw, bydd tiwtoriaid cyfoes yn adnabod pob un o'r 'dulliau' hyn, ond heb eu dilyn yn slafaidd. Byddan nhw'n fwy tebygol o ddethol nodweddion amrywiol ohonynt er mwyn cefnogi'r dysgwyr amrywiol sydd yn y dosbarth. Does dim *un* dull yn siwtio pawb.

Dau beth sydd efallai'n nodweddu'r sector dysgu oedolion: bu'r arfer o ymarfer llafar, drilio a disodli patrymau a'u cyflwyno mewn ffordd gydlynus yn bwysig i'r maes ar hyd yr amser. Bu eraill yn wrthwynebus i hyn, yn enwedig yn y cyfnod 'cyfathrebol', ond fe'i gwelwyd ac fe'i gwelir fel erfyn effeithiol i'r tiwtor a'r dysgwyr. Yr ail beth yw'r pwyslais ar gydsgwrsio – siarad a rhyngweithio yw'r sgiliau pwysicaf, er mwyn galluogi'r dysgwyr i *ddefnyddio'r* iaith darged y tu allan i furiau'r dosbarth.

Mae addysgeg yng Nghymru wedi adlewyrchu beth sy'n digwydd mewn llefydd eraill i raddau – dysgu ieithoedd modern, dysgu Saesneg fel ail iaith (sydd, wrth gwrs, yn faes enfawr). Gwelwyd dulliau amgen ar waith yng Nghymru fel gydag ieithoedd modern neu ESOL (English for Speakers of Other Languages), ac mae ganddynt eu lladmeryddion pybyr yma hefyd. Fodd bynnag, mae dysgu Cymraeg i oedolion wedi torri ei gŵys ei hun, er drwg neu er da.

Mae goblygiadau i unrhyw benderfyniad ynghylch pwrpas dysgu Cymraeg. Os mai creu cyd-sgwrswyr, *siaradwyr* newydd, yw'r genhadaeth, wel, mae'n effeithio ar bethau eraill. Un o'r rhain yw natur yr iaith a gyflwynir i ddysgwyr. Hynny yw, pa ffurfiau, pa batrymau, pa ymadroddion a pha eirfa i'w cyflwyno yn y dosbarth, os ydyn ni eisiau iddyn nhw gydsgwrsio â'u teuluoedd a'u cymdogion? Sut mae blaenoriaethu? Wrth reswm, mae llawer o'r dewisiadau hyn wedi eu gwneud yn barod dros y tiwtor yn y dosbarth. Bydd y penderfyniadau am eirfa, patrymau, ffwythiannau ac ati ymhlyg yn y llyfr cwrs a'r adnoddau a ddefnyddir. Fodd bynnag, mae'n werth ystyried y materion hyn.

I ddysgwyr sy'n ceisio cymathu â chymuned o siaradwyr, mae'n bwysig eu bod yn siarad yr un *math* o iaith â'r gymuned honno. Mae hynny'n ymwneud â natur iaith lafar (sydd yn wahanol i iaith 'safonol') yn ogystal â thafodiaith. Er enghraifft, a ddylai dysgwyr ddysgu 'Rydw i'n byw...' neu un o'r ffurfiau amrywiol eraill posib, fel 'Fi'n byw...' neu 'Rwyf yn byw...'? Mae'r sector dysgu Cymraeg i oedolion wedi ystwytho ar ffurfiau gwreiddiol 'Cymraeg Byw' a oedd mewn bri yn y chwedegau a'r saithdegau. Y patrwm 'Dw i'n byw...' a ddysgir, sydd ddim yn debygol o ddieithrio siaradwyr iaith gyntaf.

Yr ail nodwedd yw tafodiaith, ac mae'r sector dysgu Cymraeg i oedolion yn gynhwysol yn hyn o beth hefyd. Darperir adnoddau a llyfrau cwrs 'fersiwn y de' a 'fersiwn y gogledd' o'r dechrau'n deg, fel bod y ffurfiau lleol yn cael eu cyflwyno, ac er mwyn ei gwneud hi'n haws i'r dysgwyr 'ffitio i mewn'. Dysgir 'Beth yw...' yng nghyrsiau'r de a 'Be' ydy...' yng nghyrsiau'r gogledd. Mae cynrychioli ffurfiau llafar yn ysgrifenedig yn destun trafod yn aml, ac mae cyfaddawd yn anochel. Y duedd dros y blynyddoedd diwethaf yn sicr yw derbyn yr amrywiadau hyn, a lle bydd dysgwyr yn cynhyrchu iaith sy'n adlewyrchu'r hyn sy'n digwydd yn lleol, fe'i croesewir. Efallai fod hyn yn achosi pen tost neu gur pen i gyhoeddwyr llyfrau neu adnoddau print eraill, ond mae'n adlewyrchu'r pwyslais mawr ar siarad a defnyddio'r iaith y tu allan i'r dosbarth ar y cyrsiau Cymraeg.

Y dyddiau hyn, ceir llai o bwyslais ar y syniad o 'gywirdeb', a llai o ragdybiaethau ynghylch beth sy'n briodol, yn ysgrifenedig neu ar lafar. Mae'r dybiaeth mai un 'norm' ieithyddol sy'n bod (a bod unrhyw wyro oddi wrth y norm hwnnw'n llygru'r iaith ac yn ei dibrisio, rywsut), yn prinhau. Prin yw'r puryddion bellach, ond maen nhw i'w clywed weithiau. Iddyn nhw, ceir hyd i'r 'ateb' gramadegol gywir mewn cyfrolau sy'n disgrifio confensiynau'r iaith ysgrifenedig. Fodd bynnag, creu siaradwyr yw'r genhadaeth i'n maes ni ac felly rhaid osgoi gorbwysleisio ansawdd tybiedig iaith, a'r iaith lafar yn enwedig. Bydd dysgwyr yn creu iaith 'anghywir' wrth ddysgu unrhyw iaith – mae'n rhan o'r broses.

Mae hi'n syndod cymaint o bobl sy'n meddwl mai dyna yw pwrpas asesu – canfod y gwallau, a'u cyfrif. Efallai fod hynny'n deillio o'u profiadau (negyddol) nhw o ddysgu ieithoedd yn yr ysgol. Fodd bynnag, mae agweddau at beth yw gwall a sut mae delio ag iaith wallus wedi newid. Ydy, mae cywirdeb yn un o'r meini prawf asesu a ddefnyddir, ond nid dyna'r unig beth. Mae'r sylw ar beth mae'r dysgwyr yn gallu'i *wneud* yn yr iaith, nid ansawdd yr iaith a gynhyrchir yn unig.

Gellir sôn llawer mwy am faes asesu, ond yn gryno iawn, yn y sector oedolion sy'n dysgu Cymraeg, darperir cyfres o arholiadau penodol gan CBAC, sef y prif sefydliad dyfarnu yng Nghymru. Mae'r arholiadau hyn yn gysylltiedig â'r fframwaith Ewropeaidd neu'r CEFR, fframwaith sydd wedi cael cryn sylw yng Nghymru'n ddiweddar. Yr hyn y mae'r fframwaith yn ei gynnig yw cyfres o ddatganiadau sy'n disgrifio beth mae'r dysgwyr ieithoedd yn gallu'i wneud o safbwyntiau gwahanol. Mae'r rhain wedi'u rhannu'n lefelau: A1, A2, B1 a B2, o'r gwaelod i fyny. Mae lefelau ar gael sy'n uwch eto (C1 ac C2), ar gyfer defnyddwyr proffesiynol yn bennaf. O ran yr arholiadau Cymraeg, mae niferoedd yr ymgeiswyr wedi aros yn

lled gyson dros gyfnod o flynyddoedd, a thua 1,500 yn dewis eu sefyll bob blwyddyn. *Dewis*, sylwer – prin yw'r rhai sy'n gorfod ennill cymhwyster at unrhyw ddiben gwaith yng Nghymru ar hyn o bryd. Y meincnod i fod yn 'siaradwr annibynnol' yw cyrraedd lefel B1 neu'r 'Canolradd', sef y label llaw fer a ddefnyddir i gyfeirio at yr arholiadau Cymraeg a'r cyrsiau Cymraeg. Erbyn cyrraedd y lefel honno, bydd dysgwyr yn gallu cynnal sgwrs yn weddol ddiffwdan am bwnc cyfarwydd gyda siaradwr rhugl neu siaradwr iaith gyntaf.

Heb ymhelaethu gormod ar bwnc y fframwaith, mae un pwynt pwysig i'w nodi: does dim rhaid bod pob cymhwysedd neu bob agwedd ar allu'r dysgwyr ar yr un lefel. Yn wir, mae'n llawer mwy tebygol fod gan unrhyw unigolyn broffil *an*wastad. Mae'n debygol iawn fod sgiliau ysgrifenedig ar lefel wahanol i'r sgiliau llafar. Mae hynny'n wir am ddysgwyr Cymraeg yn bendant gan fod cymaint o bwyslais y cael ei roi ar gydsgwrsio neu 'siarad rhyngweithiol', nid ar ysgrifennu. Nid yw'r fframwaith yn mynnu bod pob sgìl yn gyfartal o gwbl, a diddorol yw edrych ar beth sy'n digwydd mewn llefydd eraill wrth ddysgu ieithoedd eraill, lle mae'r pwyslais a'r pwysoli'n fwy cyfartal. Ym maes dysgu Cymraeg, mae'n hollol briodol fod y rhan fwyaf o'r amser yn y dosbarth a'r rhan fwyaf o'r marciau mewn arholiad yn cael eu rhoi am gydsgwrsio. Mae'n allweddol fod y ddarpariaeth – y cyrsiau – yn cyd-fynd â'r asesu a'r arholiadau, ac fe wnaed cryn ymdrech i sicrhau bod hynny'n wir yn y maes hwn. Mewn gwledydd eraill, mae'r ymwybyddiaeth o fframwaith y CEFR yn llawer cryfach nag yng Nghymru. Bydd dysgwyr ieithoedd ar draws Ewrop a'r tu hwnt yn cyfeirio atyn nhw eu hunain fel 'dysgwyr B1', neu eu bod nhw'n 'anelu at gael cymhwyster A2' ac yn y blaen. Bydd yn ddiddorol gweld y fframwaith yn ymwreiddio yng nghyd-destun Cymru.

Mae llawer i'w ddysgu gan wledydd eraill am sut maen nhw'n mynd ati i greu siaradwyr newydd yn eu hieithoedd gwahanol. Mae'r Gatalaneg, y Fasgeg a'r Wyddeleg yn gymharus â'r Gymraeg i raddau gwahanol, ond mae llawer i'w ddysgu hefyd gan yr ieithoedd mwy, hyd yn oed yr iaith Saesneg. Er enghraifft, mabwysiadwyd syniadau ymarferol yng Nghymru ar sail yr hyn a welwyd ar waith yng Nghatalunya i baru dysgwyr â siaradwyr rhugl i ymarfer sgwrsio. Mae'r Basgiaid yn sicr ar y blaen o ran gwneud cymwysterau yn eu hiaith hwythau'n orfodol ym maes gwaith a'r sector cyhoeddus. O safbwynt dulliau dysgu, mae tiwtoriaid Cymraeg wedi addasu syniadau a gweithgareddau o faes dysgu Saesneg ers blynyddoedd, er mwyn cyfoethogi'r profiad i ddysgwyr yn y dosbarthiadau.

Mae'r ymdrech i greu miliwn o siaradwyr newydd wedi magu nerth dros y degawdau a'r blynyddoedd diwethaf. Trwy sefydlu canolfan neu athrofa ganolog sy'n gyfrifol am gydlynu gwaith y darparwyr cyrsiau Cymraeg, a thrwy ddatblygu llyfrau cwrs ac adnoddau a ddefnyddir

gan bawb, rhoddwyd cyfeiriad a bwriad o'r newydd i'r maes. Mae'r ymgyrchoedd marchnata a hyrwyddo'n codi proffil y maes ar lefel leol a chenedlaethol ac felly'n denu dysgwyr newydd a fydd yn troi'n siaradwyr newydd maes o law.

Nid ar chwarae bach mae dysgu iaith newydd. Mae angen ymrwymiad, amser ac ymdrech gan ddysgwyr i fynd i ddosbarth ac i chwilio am gyfleoedd y tu allan i'r dosbarth i ddefnyddio'r iaith. Dyna'r allwedd. Yr unigolion hynny sy'n mentro ac yn magu digon o hyder i siarad Cymraeg ag eraill sy'n llwyddo yn y pen draw. Efallai fod angen addasu nod tymor hir y Llywodraeth ychydig – nid miliwn o siaradwyr sydd eu hangen, ond miliwn o ddefnyddwyr.

Sean Fletcher

MAMIAITH

'... and I promise that I will learn Welsh and we'll raise our children in my wife's first language,' dywedais i wrth gynnig llwncdestun i ddathlu.

Priodas fach oedd hi – tua hanner cant o westeion, a llawer o'r rheiny'n cael sioc o'm clywed i'n siarad Cymraeg, yn enwedig fy ffrindiau ysgol oedd yn cofio pa mor anobeithiol o'n i am ddysgu iaith arall. Anghofiais fy araith bron yn syth gan fod pethau pwysicach ar fy meddwl ar ddydd mwyaf fy mywyd. Deffro â choblyn o ben tost wnes i y bore wedyn a phoeni braidd 'mod i wedi dweud rhywbeth cwbl amhriodol.

Roedd y blynyddoedd cyntaf yn rhai anodd – nid o ran fy mhriodas ond o ran codi'n gynnar bob bore er mwyn treulio awr a hanner cyn gwaith ar y cwrs Wlpan. Roedd yn heriol, yn arbennig y gaeaf hwnnw – fy ngaeaf

cyntaf yng Nghymru. Glawiodd hi'n gyson o'r hydref tan y gwanwyn – a haf digon gwlyb ddaeth wedyn. Rwy'n credu mai fy mrawddeg gyntaf yn y Gymraeg oedd 'Mae'n glawio eto'.

Ond roedd gen i gymhelliad arbennig a'm sbardunodd i ddal ati. Yn wreiddiol, fy mwriad oedd dysgu mwy am hunaniaeth fy ngwraig. Athro Cymraeg yn y brifysgol oedd fy nhad yng nghyfraith ar y pryd a theimlais fod dysgu'r iaith yn syniad da ac yn her. Wedyn dechreuodd fy merch fach siarad Cymraeg ac ro'n i eisiau bod yn rhan o'i byd Cymraeg hi yn ogystal â'r un Saesneg. Gŵyr pawb sy'n fy nabod fod yn gas gen i fod ar y cyrion.

Dilynwyd y cwrs Wlpan gan Pellach, wedyn Uwch ac, yn goron ar y cyfan, Meistroli. Ond rwy'n dal i fod yn bell o fod wedi meistroli'r Gymraeg. Yn y cyfamser, roedd fy mhlant yn carlamu ymlaen ac yn fy ngadael i ar ôl. Sylweddolais gymaint anoddach yw hi i ddysgu iaith fel oedolyn nag yw hi fel plentyn.

Dysgais hefyd fod iaith yn llawer mwy na chyfrwng cyfathrebu. Yn fuan iawn sylweddolais fod yr iaith Gymraeg yn allwedd i'r diwylliant Cymraeg a'i bod yn rhan annatod o wead teulu fy ngwraig, ac wrth ei dysgu dechreuodd ddod yn rhan o wead fy mywyd i.

Ond wrth ddysgu Cymraeg, fe ddes i'n fwy ymwybodol o'r diffyg cysylltiad oedd gen i gyda fy ngwreiddiau fy hun, achos dewisodd fy mam i beidio siarad ei hiaith hi gyda fi pan o'n i'n ifanc. Cafodd ei geni yn Zimbabwe ac roedd hi'n siarad Shona a Saesneg. Fe ddaeth hi i Brydain tua diwedd y 1960au er mwyn hyfforddi i fod yn nyrs yng Nghaergrawnt pan oedd hi yn ei harddegau. Dyna lle gwnaeth hi gyfarfod gyda fy nhad. Perthynas treftadaeth gymysg mewn cyfnod cythryblus o ran hiliaeth yn gyffredinol.

Symudon nhw o Gaergrawnt i Lundain ac yna i Efrog Newydd, lle bu fy nhad yn gweithio am rai blynyddoedd. Ac yno y cefais i fy ngeni ar 20 Ebrill, 1974, yn eironig, chwe blynedd i'r diwrnod ers i Enoch Powell draddodi ei araith enwog, 'Rivers of Blood'.

Yn Lloegr, dwi'n cofio pobl yn dweud 'Go home' wrtha i, a llawer gwaeth na hynny. Alla i ddim cofio bywyd yn UDA gan fy mod i'n rhy ifanc, ond ers hynny, dwi wedi gwneud rhaglen ddogfen am ddeddfau croeshilio UDA, a wnaeth briodasau treftadaeth gymysg yn anghyfreithlon yn hanner taleithiau America. Mae'n anghredadwy na chafodd 'rhain eu diddymu tan ychydig flynyddoedd cyn i fy rhieni ddod at ei gilydd ac i minnau gael fy ngeni. Byddai fy mam wedi profi hyn oll heb y diniweidrwydd a'r anwybodaeth hynny a fu o fudd i mi fel plentyn. Byddai hi hefyd wedi tyfu lan fel dinesydd eilradd i deuluoedd o ymsefydlwyr gwyn yn ei gwlad ei hun. Dim ond nawr, a minnau bellach yn hanner cant, y galla i wir amgyffred a meddwl o ddifri am bwysau hiliaeth ar fy mywyd. Alla i ond dychmygu'r effaith ar fy mam.

Y profiadau hynny oedd y rheswm iddi fy magu i fod mor Brydeinig â phosib. Rydw i wedi dysgu bod yr agwedd fod 'Saesneg a Lloegr yn well' wedi cael ei gwthio ar bobl ar hyd yr Ymerodraeth Brydeinig. Ond wrth i mi ystyried pam yr es i ati i ddysgu Cymraeg, rydw i hefyd yn gweld bod yr agwedd wedi ei gwthio hefyd ar bobl Cymru. Wrth ddysgu Cymraeg fel oedolyn, dysgais am y Welsh Not mewn ysgolion a'r gorthrwm ar y Gymraeg yn yr Eglwys ac mewn materion gweinyddol a mwy neu lai pob peth arall. Do'n i ddim yn sylweddoli pam ar y pryd, ond roedd clywed yr hanes yn canu cloch i mi'n bersonol. Mae hi wedi cymryd blynyddoedd i mi sylweddoli, ond rydw i bellach wedi dod i ddeall bod yna gyffelybiaethau rhwng stori'r Gymraeg i'r Cymry a stori Shona i mi – heriau tebyg ond canlyniadau gwahanol.

Yng Nghymru, fe ymladdodd Cymdeithas yr Iaith – mudiad a ffurfiwyd nid nepell o'r pentref lle magwyd fy ngwraig – yn galed dros barhad yr iaith yr ydym ni yn ei mwynhau heddiw. Roedd fy mam yn fenyw ddu, ar ei phen ei hun mewn ardal wyn iawn oedd yn dalcen caled o ran hiliaeth, a oedd eisiau'r gorau i'w mab. Felly rwy'n deall ei phenderfyniad i beidio dysgu Shona i mi, ond mae'n dal i 'ngwneud i'n drist iawn.

Mae'n gymhleth achos pe na bai hi wedi dysgu Saesneg, fyddai hi ddim wedi symud i Brydain fel nyrs. A phe na bawn i wedi fy magu i fod yn Brydeiniwr i'r carn, mae'n bosib na fyddwn i wedi cael y cyfle i gyflwyno ar y BBC.

Pan gollon ni fy mam yn 2006, roedd ei phenderfyniad i beidio siarad

Shona gyda fi yn un o'r rhestr o bethau yr o'n i'n difaru peidio eu trafod gyda hi. Roeddwn i wedi dechrau dysgu Cymraeg erbyn hynny, ond heb feddwl am y pethau hyn, felly chaf i fyth mo'r cyfle i siarad gyda hi am y peth. Rwy'n teimlo rhyw synnwyr o hiraeth, ond does dim cartref i ddychwelyd iddo achos ches i mo'r hyn roeddwn i ei angen i ddod o hyd iddo. Dyw hynny ddim am na cheisiais i. Pan o'n i'n fyfyriwr yn Llundain, fe geisiais i ddysgu Shona yn Ysgol Astudiaethau Dwyreiniol ac Affricanaidd y brifysgol ond doedden nhw ond yn dysgu Swahili, iaith a chanddi fwy o siaradwyr. Pam fod rhai ieithoedd wastad yn cario'r dydd? Prynais i werslyfrau i fy helpu, ond yn y 1990au, doedden nhw ddim mor hygyrch â chyrsiau modern ac apiau fel Duolingo. Wrth i mi chwilio am ddarn coll jig-so fy hunaniaeth yn y brifysgol, fe gwrddais â fy ngwraig a dysgu am y Gymraeg. Roedd fel petai'r darn coll wedi dod i law. Nid yw hynny'n golygu fod y Gymraeg yn tynnu unrhyw beth oddi ar fy ngwreiddiau yn Zimbabwe, ond fe roddodd angor i mi, rhywbeth yr o'n i wedi bod yn dyheu amdano.

Felly yn wreiddiol, dysgais Gymraeg o gariad a pharch at fy ngwraig a'i theulu. Trodd y cymhelliant hwnnw yn ofn y byddwn yn colli mas ar sgyrsiau teuluol. Ond mae fy mydolwg wedi ehangu ers hynny. Ar fy nhaith i ddysgu'r Gymraeg, rydw i wedi darganfod cymaint am Gymru a'i diwylliant, ond hefyd wedi cael cyfle i fyfyrio am fy mam a fy ngwreiddiau. Efallai ei bod hi'n rhy hwyr i mi ddysgu a throsglwyddo fy mamiaith *i*, ond dwi mor falch 'mod i wedi torri'r arferiad o droi cefn ar ieithoedd brodorol. Wrth gadw at fy addewid ar ddiwrnod fy mhriodas, rydw i wedi gallu chwarae rhan fach wrth drosglwyddo iaith hynafol, farddonol a hardd fy ngwraig i'n plant.

Delyth Prys

TECHNOLEG IAITH A DYFODOL Y GYMRAEG

Yn Lloegr ac America y cychwynnodd y chwyldro cyfrifiadurol o ddifri, a hynny yn y 1960au mewn sefydliadau ymchwil a phrifysgolion. Roedd yn naturiol felly mai Saesneg fyddai'r prif gyfrwng cyfathrebu ar y cychwyn, y tu hwnt i fyd deuaidd y rhesi o 0 ac 1 oedd yn wir sylfaen y chwyldro cyfrifiadurol. Yn araf ychwanegwyd rhai eraill o brif ieithoedd y byd – y byd gorllewinol o leiaf – megis Ffrangeg, Sbaeneg ac Almaeneg, ac yna ieithoedd gwladwriaethol eraill, ond roedd ieithoedd lleiafrifol fel y Gymraeg yn bell iawn y tu ôl iddynt.

Mae dwy ffordd o fesur faint o Gymraeg sydd ar gyfrifiaduron ac ar y we. Y gyntaf yw mesur faint o gynnwys Cymraeg sydd: faint o ddogfennau, gwefannau, e-byst, fideos, fforymau, podlediadau, blogiau ac ati sydd yn y cyfryngau ysgrifenedig, llafar a gweledol. Yr ail yw mesur faint o feddalwedd, offer iaith ac adnoddau cyfrifiadurol sydd ar gael i gynnal a hwyluso'r Gymraeg yn y cyfryngau hyn, megis gwirwyr sillafu a gramadeg, geiriaduron electronig, troswyr lleferydd-i-destun a thestun-i-leferydd, trawsgrifwyr, rhaglenni chwilio a chrynhoi, a'r modelau iaith mawr sydd eu hangen ar gyfer Deallusrwydd Artiffisial (DA).

Wrth gwrs, does dim modd darparu'r cynnwys yn iawn ar gyfer y cyfryngau digidol heb rywfaint o leiaf o'r offer ac adnoddau cyfrifiadurol hyn. Enghraifft gynnar oedd y broblem o allu dangos y nodau 'Ŵ', 'ŵ', 'Ŷ' ac 'ŷ' ar gyfrifiadur. Mae'n debyg fod y Gymraeg bron yn unigryw ymhlith ieithoedd y byd yn ei defnydd o'r nodau hyn, a doedd dim ffordd safonol o'u cynhyrchu ar y cyfrifiaduron cynnar; weithiau doedd dim modd gwneud hynny o gwbl. Dim ond gyda dyfodiad y safon amgodio rhyngwladol UTF-8 yn 1998 y dechreuwyd cywiro'r diffyg hwn, a bu'n rhai blynyddoedd eto cyn iddo gael ei fabwysiadu'n eang. Bu rhaglen To Bach, a ddatblygwyd yn wreiddiol gan gwmni Richard Sheppard, Draig Technology (bellach ar gael gan Interceptor Solutions), yn fodd i hwyluso gosod y rhain a nodau acennog eraill y Gymraeg ar gyfrifiaduron. Yn anffodus, mewn amgylchedd lle mai Saesneg yw iaith ragosodedig y cyfrifiadur, a lle mae'r defnyddiwr yn aml yn newid rhwng y Gymraeg a'r Saesneg, dydy hi'n dal ddim mor gyfleus defnyddio'r Gymraeg wrth deipio, fel sydd i'w weld weithiau mewn testunau Cymraeg lle mae pob 'i' ar ei phen ei hun yn cael ei newid yn briflythyren 'I' gyda'r peiriant yn cymryd mai'r Saesneg am 'fi' sydd yno. Manion yw'r anawsterau hyn, fodd bynnag, i'w cymharu â'r problemau oedd yn wynebu rhai ieithoedd eraill nad oeddynt yn defnyddio sgript Ladin.

Ceir crynodeb o ddyddiau cynnar y Gymraeg yn y byd cyfrifiadurol gan Rhys Jones yn ei bapur 'Cilfachau electronig: geni'r Gymraeg ar-lein, 1989-1996'. Ynddo mae'n dangos sut yr ymddangosodd y Gymraeg gyntaf ar rwydweithiau cyfrifiadurol yn America, gan mai dim ond yno i bob pwrpas y caed y rhwydweithiau cynnar hyn, cyn sefydlu Welsh-L gan Briony Williams o Brifysgol Caeredin yn 1992 – arloeswr technoleg lleferydd Cymraeg a fu wedyn yn gweithio yn y maes ym Mhrifysgol Bangor. Arloeswr arall y Gymraeg ar y we oedd Mark Nodine, o Brifysgol Brown yn Rhode Island, ac awdur y geiriadur ar-lein Cymraeg/Saesneg cyntaf wedi hynny. Dim ond pan ddaeth elfennau sylfaenol y dechnoleg, fel gwell cysylltiad â'r rhyngrwyd a datblygiad y we fyd-eang, i Gymru yr oedd modd i siaradwyr Cymraeg ddechrau defnyddio'r cyfryngau hyn o ddifri yn y Gymraeg. Croniclir datblygiad y we Gymraeg o'r cyfnod tan 2013 gan Rhodri ap Dyfrig yn ei draethawd doethurol 'Cydgyfeiriant cyfryngol a'r economi ddigidol'. Trafodaeth sy'n canolbwyntio ar y cynnwys yn hytrach na'r offer a'r adnoddau yw hon eto, ac enwir uchafbwyntiau megis fforwm maes-e.com a grëwyd gan Nic Dafis, y llwyfan poblogaidd cyntaf i'r gymuned Gymraeg, a chanddo 1,200 o aelodau erbyn 2005. Nodir hefyd lwyddiant a hirhoedledd Wicipedia Cymraeg, y gwyddoniadur rhydd a sefydlwyd yn 2003, ddwy flynedd yn unig ar ôl yr un Saesneg gwreiddiol, ac sy'n dal i ehangu a chynyddu. Bu ymdrechion arbennig dan arweiniad Robin Llwyd ab Owain, rheolwr cyntaf Cymru i Wikimedia UK, i gyrraedd y miliwn cofnod Cymraeg yn Wicipedia.

Mae cyfraniad gwirfoddolwyr wedi bod yn allweddol i ddatblygu technoleg Cymraeg wrth iddynt gyfieithu rhyngwynebau, llunio rhaglenni a chyfrannu cynnwys, a hynny fel arfer yn ddi-dâl. Dyma sy'n cael ei alw fel arfer yn 'gymuned cod agored' ac mae modd cael trosolwg o nifer o'r rhaglenni a'r gweithgareddau hyn ar wefan meddal. com sy'n cael ei rhedeg gan Rhoslyn Prys. Ef hefyd sy'n gyfrifol am

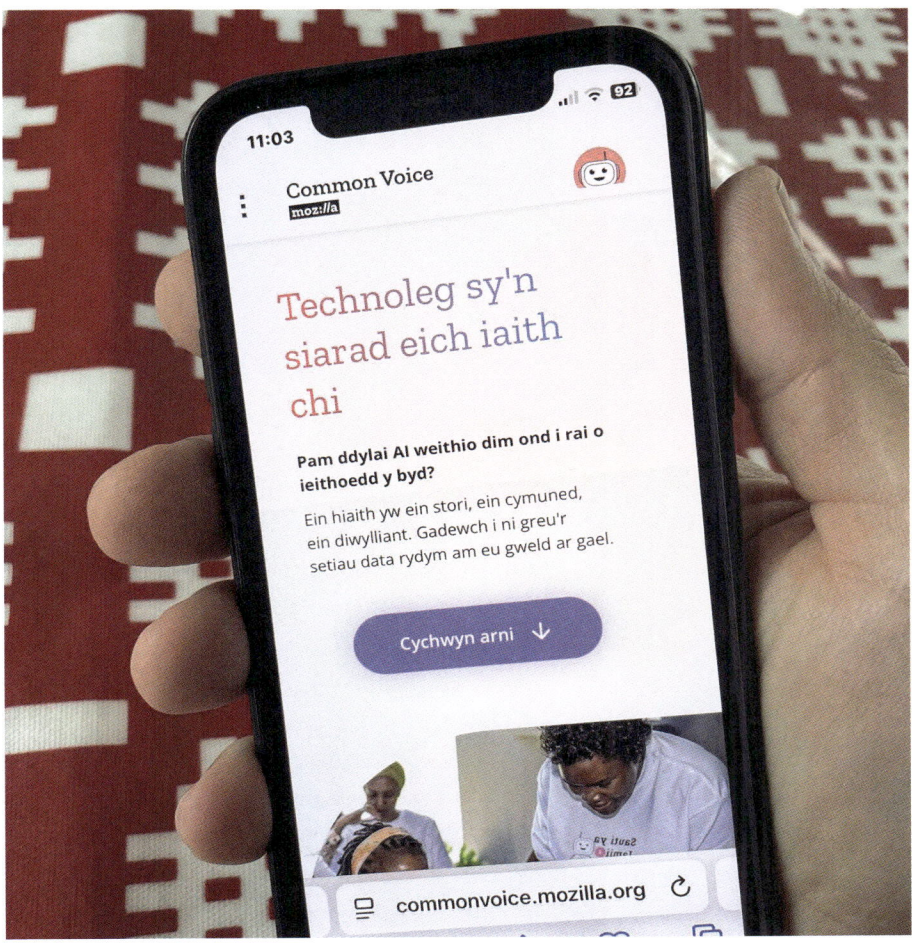

leoleiddio rhyngwyneb nifer o raglenni a gwefannau allweddol megis Firefox, LibreOffice a Common Voice i'r Gymraeg. Bu Aled Powell yn gyfrifol am leoleiddio rhyngwyneb Android i'r Gymraeg, ac mae nifer o gyfieithwyr gwirfoddol wedi gweithio gyda'i gilydd i leoleiddio rhaglenni fel WordPress a Facebook. Yn ôl WordPress mae rhwng 3,000 a 4,000 o dudalennau Cymraeg ar wefannau a grëwyd gan WordPress yn cael eu darllen bob wythnos.

Nodedig yw cyfraniad Mozilla – sy'n gyfrifol am Common Voice ac yn gorff rhyngwladol sy'n gweithio tuag at ryngrwyd agored, amlieithog – at y gwaith o ddiogelu'r Gymraeg. Prosiect Saesneg oedd Common Voice yn gyntaf; wedi hynny, o drafod gyda chynrychiolwyr o Gymru, ychwanegwyd y Gymraeg, Ffrangeg ac Almaeneg i'r cylch nesaf o ieithoedd. Ers hynny mae Common Voice wedi hwyluso gallu gwirfoddolwyr i gyfrannu data lleisiol ar gyfer 130 o ieithoedd ac mae'r prosiect yn dal i dyfu. Bu digwyddiadau Hacio'r Iaith, wedi'u trefnu gan Rhodri ap Dyfrig a Carl Morris, yn fodd blaengar o ddod â'r gymuned cod agored a rhanddeiliaid eraill yn y byd technoleg at ei gilydd. Yn ei hanterth rhoddodd yr Awr Gymraeg, dan arweiniad Huw Marshall, hwb sylweddol i drydar yn Gymraeg ar awr benodol bob nos Fercher ar Twitter, a bu hyn yn allweddol i normaleiddio trydar yn Gymraeg.

O ran meddalwedd Cymraeg ac offer iaith sydd wedi'u hanelu at y cyhoedd, yn 1991 ariannodd Bwrdd yr Iaith Gymraeg ddatblygiad y rhaglen Cysill ar gyfer gwirio sillafu a gramadeg y Gymraeg. Fe'i crëwyd yn wreiddiol dan arweiniad Nick Ellis a Cathair Ó Dochartaigh o Adran Seicoleg Prifysgol Bangor, a chafodd ei diweddaru a'i hailysgrifennu dros y blynyddoedd, gyda Llywodraeth Cymru bellach yn cynnig fersiwn am ddim fel rhan o'r pecyn Cysgliad i'w lwytho i lawr o'r we. Gan fod siaradwyr Cymraeg, yr un fath â siaradwyr ieithoedd lleiafrifol eraill, yn medru bod yn ddihyder wrth ysgrifennu'r iaith, roedd hwn yn gam pwysig i helpu pobl i ysgrifennu Cymraeg yn y cyfryngau electronig. Bellach mae fersiynau o Cysill wedi'u hymgorffori mewn cynnyrch o bob math, gan gynnwys gwirwyr sillafu LibreOffice a Microsoft. Cynnyrch arall sydd wedi profi'n boblogaidd gyda'r cyhoedd yw'r ap Geiriaduron, casgliad o eiriaduron a thermiaduron electronig ar gyfer ffonau symudol iOS ac Android ac sydd bellach wedi'i lwytho i lawr dros 300,000 o weithiau. Yn fwy diweddar mae Trawsgrifiwr yn boblogaidd gan bobl i drosi testun llafar yn ysgrifennu Cymraeg a chreu isdeitlau awtomatig.

Mae technoleg lleferydd Cymraeg hefyd wedi cynorthwyo defnyddwyr anabl, gan wneud rhywfaint i unioni'r cam o sefyllfa pan oedd rhaid troi at y Saesneg i glywed testun yn cael ei ddarllen ar lafar, er enghraifft. Mae

Lleisiwr bellach yn cynnig creu llais dwyieithog ar gyfer defnyddwyr sy'n colli'r gallu i lefaru, ac mae lleisiau dwyieithog ar gael gan y Gwasanaeth Iechyd ar gyfer plant a phobl ifanc. Datblygwyd nifer o'r offer lleferydd hyn ynghyd ag adnoddau iaith eraill yn yr Uned Technolegau Iaith o fewn Canolfan Bedwyr, Prifysgol Bangor.

Nid dim ond meddalwedd Cymraeg i'r cyhoedd sy'n bwysig, ond hefyd raglenni ac adnoddau sy'n ei gwneud hi'n haws i ddatblygwyr eraill, boed yn gwmnïau bach lleol neu'n gorfforaethau mawr rhyngwladol, gynnwys y Gymraeg yn eu cynnyrch. Mae llawer o'r rhain yn cael eu cyhoeddi yn y storfeydd rhyngwladol fel GitHub a'r European Language Grid, a cheir disgrifiad o lawer ohonynt yn y Porth Technolegau Iaith Cenedlaethol. Gweledigaeth Dewi Bryn Jones, prif ddatblygwr yr Uned Technolegau Iaith, ac enillydd Medal Wyddoniaeth a Thechnoleg Eisteddfod Genedlaethol Wrecsam 2025, oedd y dylid cyhoeddi cydrannau meddalwedd a ddatblygwyd gydag arian cyhoeddus yn rhydd dan drwyddedau agored caniataol ar y cyfryngau hyn, a dyma un rheswm efallai pam mae'r Gymraeg yn gwneud yn gymharol dda fel iaith leiafrifol ar y we. Rheswm arall yw fod Deddf Iaith 1993 wedi mynnu dwyieithrwydd yn y byd cyhoeddus ar yr union adeg pan oedd y rhyngrwyd yn dechrau dod yn gyfrwng cyffredin, gan sicrhau y byddai llawer iawn o ddogfennau dwyieithog yn cael eu cyhoeddi ar y we. Gyda dyfodiad y Cynulliad Cenedlaethol yn 1999, cynyddodd nifer y dogfennau dwyieithog yn ddirfawr, a chan mai dogfennau digidol yw llawer o'r data sydd ei angen i greu technolegau iaith a hyfforddi'r modelau iaith mawr sy'n sylfaen DA ieithyddol, roedd yr amseru y tu hwnt o ffodus.

Ond i'r defnyddiwr cyffredin, mae'r rhan fwyaf o'r gweithgaredd i greu a chynnal y feddalwedd a'r isadeiledd Cymraeg yn guddiedig. Yr hyn y mae'r cyhoedd ei eisiau yn fwy na dim yw medru cyfathrebu ar y cyfryngau digidol a defnyddio'r dechnoleg yn Gymraeg yr un mor hawdd ag y maent yn gwneud yn Saesneg. Daeth twf a phoblogrwydd y cyfryngau cymdeithasol yn sioc i'r proffwydi technoleg i gyd, ond dyma ofod allweddol i siaradwyr Cymraeg erbyn hyn, ac mae tystiolaeth yn dangos os mai Cymraeg yw iaith cyfathrebu llafar unigolion, Cymraeg

fydd iaith eu cyfathrebu ar y we hefyd. Mae'r darlun yn fwy cymysg os yw pobl yn ceisio cyfathrebu gyda chynulleidfa ehangach, sy'n debyg o fod yn gymysg o ran iaith. Yma, mae'n demtasiwn troi i'r Saesneg er hwylustod, neu gynnwys y ddwy iaith o fewn yr un neges, neu gyhoeddi ar wahân yn y ddwy iaith. Un effaith annisgwyl o'r cyfathrebu anffurfiol yma ar y we yw fod yr iaith hithau yn newid, nid dim ond gyda gwallau ieithyddol yn cael eu goddef yn haws, ond hefyd gyda chyweiriau anffurfiol, slang newydd a dyfeisiadau ieithyddol ymhlith ffrindiau yn dderbyniol. Mae'r rhain yn arwyddion o iaith fyw ac o ddyfeisgarwch ieithyddol defnyddwyr y cyfryngau hyn.

Mae'r cyfryngau digidol hefyd yn fodd i roi presenoldeb a gwelededd ehangach i'r Gymraeg y tu allan i Gymru. Yn 2018 cyhoeddwyd fod cân Gymraeg wedi'i ffrydio dros filiwn o weithiau am y tro cyntaf ar Spotify – 'Gwenwyn' gan Alffa oedd y gân honno. Erbyn hyn, mae sawl cân Gymraeg wedi pasio'r miliwn, a'r we wedi galluogi cynulleidfa ryngwladol i gael mynediad mwy hwylus at gynnwys Cymraeg. Mae'r cyfryngau digidol hefyd wedi hwyluso dysgu'r Gymraeg, yn enwedig gan fod technoleg lleferydd yn awr yn galluogi clywed yr iaith yn ogystal â'i darllen. Erbyn Rhagfyr 2023, roedd Cymraeg ar Duolingo, y llwyfan dysgu iaith mwyaf poblogaidd yn y byd, wedi cyrraedd tair miliwn o ddysgwyr. Mae'n werth nodi mai gwirfoddolwyr a gychwynnodd y gwaith o greu'r fersiwn Gymraeg o Duolingo, ond unwaith eto mae mantais i fod yn rhan o lwyfan byd-eang ac amlieithog, nid yn unig o ran rhannu adnoddau ond hefyd o ran gwelededd a hwylustod marchnata.

Mae marchnata a hysbysebu cynnyrch ac adnoddau Cymraeg ar gyfer y cyfryngau electronig a'r we yn dal yn heriol fodd bynnag. Er bod cymunedau Cymraeg ar-lein a digidol digon bywiog i'w cael bellach, dangoswyd yn ddiweddar nad oedd llawer o bobl oedd yn tecstio'n Gymraeg yn gwybod fod rhaglenni tecstio soffistigedig i'w cael am ddim

Dewi Bryn Jones, enillydd Medal Wyddoniaeth a Thechnoleg Eisteddfod Genedlaethol Wrecsam 2025

ar gyfer y Gymraeg, sef SwiftKey gan Microsoft a Gboard gan Google. Mae'r rhain yn caniatáu gweithio mewn ieithoedd niferus ar yr un pryd, sy'n hwylus ar gyfer newid rhwng y Gymraeg a'r Saesneg, ac yn dangos unwaith eto werth cynnwys y Gymraeg mewn amgylcheddau amlieithog. Mae enghreifftiau eraill o bobl sydd heb wybod am y pecynnau Cymraeg o fewn Microsoft a LibreOffice, oherwydd iddynt gymryd yn ganiataol na fyddai cwmnïau rhyngwladol yn darparu ar gyfer y Gymraeg.

Rydym yn dal i fyw ym merw'r chwyldro technolegau digidol. Mae hyn yn amlwg yn nyfodiad dulliau DA o drin iaith, fel y rhai sy'n cael eu defnyddio, er enghraifft, gan OpenAI ar gyfer ChatGPT, Anthropic ar gyfer Claude a Microsoft ar gyfer Copilot. Unwaith eto, dyma dechnoleg sy'n tarfu ar ein byd, gan ei bod yn gallu ateb cwestiynau, trin gwybodaeth a chyflawni tasgau yn llawer cywirach a chyflymach nag a ddychmygwyd yn bosibl hyd yn oed rai blynyddoedd yn ôl. Y syndod pellach yw eu bod yn medru gwneud hynny yn aml mewn Cymraeg graenus a rhugl. Roedd un asesiad gan OpenAI ar gyfer ChatGPT-4 yn gosod y Gymraeg yn 17fed o ran cywirdeb yn 2023, ac mae'r sgwrsfotiaid a'r modelau iaith mawr i gyd wedi gwella ers hynny. Mae Claude, er enghraifft, yn rhyfeddol am ei allu i gyfieithu'n awtomatig rhwng y Gymraeg a'r Saesneg yn well na pheiriannau cyfieithu blaenorol, a chyflawni tasgau fel cynhyrchu rhestrau termau dwyieithog cywrain. Mae'r rhaglenni hyn yn dal i wneud camgymeriadau weithiau wrth gwrs, gan ddrychiolaethu a ffugio neu ddychmygu ffeithiau ambell waith pan nad ydynt yn gwybod yr ateb, yn hytrach na chyfaddef anwybodaeth. Mae ofn cyffredinol y gall DA ddwyn swyddi pobl a chreu diweithdra sylweddol drwy'r byd, ond o edrych ar y Gymraeg yn benodol, gall fod yn arf i hwyluso'r defnydd o'r iaith. Er enghraifft, fydd yna byth ddigon o gyfieithwyr dynol i ateb y galw am ddogfennau dwyieithog, ond wrth i gyfieithwyr droi yn ôl-olygwyr i wirio cynnwys cyfieithu awtomatig, mae modd cynyddu nifer y dogfennau sy'n cael eu cyfieithu yn ddirfawr, ac estyn y dechnoleg i gyd-destunau mwy anffurfiol hefyd.

Perygl nad yw'n cael digon o sylw yw gorddibyniaeth Cymru, fel gweddill Ewrop, ar gwmnïau mawr o America. Er cystal darpariaeth gynhwysfawr cwmnïau fel Microsoft a Google ar gyfer y Gymraeg (mae cwmni Apple yn nodedig am iddynt wrthod datblygu unrhyw offer neu adnoddau ar gyfer yr iaith), gall y cyfan ddiflannu dros nos os yw'r hinsawdd wleidyddol yn newid. Nid oes fawr o sylw i'r angen am sofraniaeth ddigidol a pherchnogaeth o'r data sy'n sylfaen i'r holl fodelau DA, heb sôn am ecosystem cwmwl yng Nghymru ac yn y Deyrnas Unedig yn ehangach i gadw a defnyddio'r data sy'n eiddo i ni.

Perygl arall i'r Gymraeg yw anwybodaeth y cyhoedd am sut mae'r dechnoleg yn gweithio. Mae diffyg addysg gyfrifiadurol a thechnolegol addas yng Nghymru o hyd, er ei bod hi'n dda bellach gweld plant yn dysgu codio gan ddefnyddio Scratch, rhaglen arall sydd wedi'i lleoleiddio i'r Gymraeg gan wirfoddolwyr. Ceir hefyd ddiffyg dealltwriaeth o botensial y dechnoleg i ennyn sector meddalwedd cryf yng Nghymru. Gwelwyd fod y dechnoleg yn fodd i adfywio'r iaith, cynnig offer, adnoddau, cyfleoedd a mannau newydd ar gyfer ei dysgu a'i defnyddio, rhoi hyder a gwelededd newydd iddi, ond prin yw'r sôn am y manteision economaidd. Mae parc gwyddoniaeth M-SParc yn sir Fôn yn enghraifft brin o gorff sydd wedi deall y potensial i'r economi ac sy'n hybu cwmnïau bach i ddatblygu cynnyrch a gwasanaethau ar gyfer y Gymraeg ac amgylcheddau amlieithog.

Tasg anodd yw rhagweld y dyfodol, a hyd yn hyn mae proffwydi technoleg wedi methu'n affwysol. Ond does dim llawer o obaith i iaith oroesi yn y byd gorllewinol heb offer ac adnoddau addas i hwyluso'r defnydd ohoni yn y cyfryngau digidol. Mae pedwar peth pwysig o blaid y Gymraeg: egni a gweledigaeth y gwirfoddolwyr sydd wedi gweithio'n ddi-dâl i ddarparu adnoddau cyfrifiadurol yn Gymraeg; cefnogaeth rhai cwmnïau rhyngwladol mawr i'r Gymraeg; gallu ac ymroddiad yr ymchwilwyr i ddatblygu llyfrgelloedd o offer ac adnoddau cyfrifiadurol, ac yn bwysicaf oll efallai, y defnyddwyr hynny sydd wedi meiddio defnyddio'r iaith yn y cyfryngau newydd hyn a thrwy hynny ei datblygu a'i bywiogi a sicrhau ei bod yn parhau yn iaith fyw, ddeinamig.

GAIR AM Y CYFRANWYR

Crwt o Aberteifi yw **Ceri Wyn Jones**. Wedi dilyn gyrfa fel athro Saesneg ac wedyn fel golygydd llyfrau, mae bellach yn gweithio ar ei liwt ei hun fel bardd, awdur, darlledwr, golygydd a thiwtor ysgrifennu creadigol. Ef yw Meuryn cyfres *Y Talwrn* ar BBC Radio Cymru.

Ysgolhaig ym maes y Gymraeg ac Astudiaethau Celtaidd yw **Llewelyn Hopwood**, gan arbenigo yn yr oesoedd canol ac astudiaethau sain. O Langynnwr yn wreiddiol, mae wedi gweithio fel Darlithydd a Chymrawd Ymchwil ym mhrifysgolion Caerdydd, Rhydychen, UCL, ac, yn fwyaf diweddar, Aberystwyth.

Mae **Tudur Owen** yn gomedïwr a chyflwynydd o Fôn sydd bellach yn byw yn y Felinheli. Mae ganddo brofiad helaeth o wneud ei sioeau stand-yp yn y ddwy iaith, gan deithio ledled Cymru a Lloegr a pherfformio yng Ngŵyl Fringe Caeredin. Ymhlith ei ddiddordebau mae mynydda, cerddoriaeth a Hanes Cymru.

Brodor o Lanuwchllyn yw **Gruffudd Antur**. Ar ôl astudio Ffiseg ym Mhrifysgol Aberystwyth, derbyniodd raddau MA a PhD mewn Llenyddiaeth Gymraeg gan Brifysgol Bangor, gan feithrin diddordeb yn y llawysgrifau Cymreig. Mae bellach yn Gymrawd Ymchwil yn y Ganolfan Uwchefrydiau Cymreig a Cheltaidd yn Aberystwyth ac yn byw ym mro ei febyd.

Cyflwynydd newyddion a chwaraeon yw **Catrin Heledd** sy'n dod o Bentyrch yn wreiddiol, ond mae bellach wedi ymgartrefu ym Mhenarth. Fel gohebydd, mae hi i'w gweld ar gaeau rygbi a phêl-droed – ac o amgylch byrddau snwcer. Yn fwy diweddar, ymunodd â chriw rhaglen newyddion foreol *Radio Wales Breakfast*.

Darlithydd mewn Ysgrifennu Creadigol yn Adran y Gymraeg ac Astudiaethau Celtaidd Prifysgol Aberystwyth yw **Eurig Salisbury**. Cyn hynny, bu'n Gymrawd Ymchwil yng Nghanolfan Uwchefrydiau Cymreig a Cheltaidd Prifysgol Cymru, gan arbenigo ar olygu barddoniaeth yr oesoedd canol. Ef oedd Bardd Plant Cymru 2011–13, Prif Lenor Eisteddfod Genedlaethol y Fenni 2016 a Bardd Tref cyntaf Aberystwyth 2023–25.

Yn wreiddiol o Aberystwyth, mae **Sara Huws** yn byw yng Nghaerdydd, lle mae'n gweithio ym maes llyfrau prin. Astudiodd Rwsieg a Hanes Celf yng Nghaergrawnt ac mae'n awr yn astudio am ddoethuriaeth ym Mhrifysgol Abertawe ar hanes ymgyrchu. Bu'n cyflwyno *Waliau'n Siarad* ar S4C a hi yw cyd-sefydlwraig y grŵp mentro awyr-agored Every Body Outdoors.

Addysgwyd **Nia Powell** trwy gyfrwng y Gymraeg yn ysgolion Nantmor, Bryntaf a Rhydfelen, cyn graddio mewn Hanes ym Mhrifysgol Cymru a'r Gyfraith yng Nghaergrawnt. Wedi cyfnod fel ymchwilydd i Fwrdd Gwybodau Celtaidd Prifysgol Cymru, bu'n ddarlithydd yn Adran Hanes Cymru Prifysgol Bangor gan arbenigo ar y cyfnod modern cynnar. Mae hi bellach wedi ymddeol.

Daw **Alex Jones** o Rydaman yn wreiddiol ac mae hi wedi cael gyrfa lwyddiannus fel cyflwynydd teledu gan weithio yn y Gymraeg a'r Saesneg. Mae hi'n cydgyflwyno *The One Show* i'r BBC ers 2010, wedi cyhoeddi llyfr poblogaidd ac yn cydgyflwyno podlediad hefyd. Mae'n byw gyda'i theulu ifanc yn Llundain.

Magwyd **Ffion Mair Jones** yn y Bala. Mae'n Gymrawd Ymchwil yng Nghanolfan Uwchefrydiau Cymreig a Cheltaidd Prifysgol Cymru, ac wedi cyhoeddi'n helaeth ar Gymru'r ddeunawfed ganrif, gan gynnwys yr astudiaeth *Thomas Pennant: Cysylltiadau Cymreig* (2025). Mae'n cyfrannu colofn i'r papur newydd lleol yn y Bala ac yn hoff o gerdded a dysgu ieithoedd.

Mae **Lisa Jên Brown** yn actor, cyflwynydd, sgwenwraig, cydlynydd agosatrwydd a cherddor sy'n canu gyda'r band 9Bach ac yn perfformio'n rhyngwladol ers degawdau. Cafodd ei magu ym Methesda yng nghysgod mynyddoedd Eryri. Mae hi'n gweithio ar draws y diwydiannau creadigol ac mae ei chariad at natur a bywyd gwyllt Cymru yn ysbrydoli popeth mae'n ei greu.

Mae **Marion Löffler** yn Ddarllenydd Hanes Cymru a Hanes yn Ysgol Hanes, Archaeoleg a Chrefydd Prifysgol Caerdydd, gan arbenigo ar hanes yr iaith Gymraeg a chysylltiadau Cymru â'r byd yn y cyfnod modern. Mae hi'n gyfrannydd rheolaidd ar raglenni Radio Cymru ac S4C.

Mae **Huw Stephens** yn gyflwynydd radio a theledu, ac mae ei raglenni i'w clywed yn rheolaidd ar BBC Radio 6 Music, Radio Cymru a Radio Wales. Ar y teledu mae wedi cyflwyno *The Story of Welsh Art*, *Wales: Music Nation* a *Glastonbury* i'r BBC, yn ogystal â *Bandit* i S4C ac *Other Voices* i RTE. Mae'n byw yng Nghaerdydd gyda'i wraig a dau o feibion.

Mae **Elin Jones** yn byw yn Ystrad Mynach, Cwm Rhymni. Cafodd ei magu yno, ar aelwyd Gymraeg ei hiaith mewn cymuned oedd wedi hen Seisnigeiddio. Bu'n dysgu Hanes mewn ysgolion uwchradd Cymraeg cyn symud i Adran Addysg yr Amgueddfa Genedlaethol. Bu'n gyfrifol am Hanes yng nghwricwlwm ysgolion Cymru rhwng 1996 a 2008.

Mae **Elis James** yn gomedïwr a chyflwynydd o Gaerfyrddin. Mae'n treulio'i amser yn recordio podlediadau (*Elis and John* ar BBC Radio 5 Live, *The Socially Distant Sports Bar* ac *Oh What A Time*) ac yn ysgrifennu stand-yp Cymraeg. Yn ei amser sbâr, mae'n hoffi chwarae a gwylio pêl-droed, seiclo a mynd i'r traeth gyda'i wraig a'r plant.

Emyr Davies yw Swyddog Arholiadau Cymraeg i Oedolion CBAC ers 2001. Cyn hynny, bu'n ddarlithydd yng Ngholeg y Drindod, Caerfyrddin, yn gyfrifol am gyrsiau i ddysgwyr yn bennaf. Fe sy'n cynrychioli'r Gymraeg yn ALTE (Cymdeithas i Brofwyr Ieithoedd Ewrop). Mae'n byw yn ei bentref genedigol, sef Aber-porth yng Ngheredigion.

Mae **Sean Fletcher** yn gyflwynydd teledu sy'n wyneb adnabyddus ar raglenni megis *Good Morning Britain* a *Countryfile*. Fe'i ganwyd yn Efrog Newydd a'i fagu yn Essex, cyn graddio o Goleg y Brenin yn Llundain a chychwyn ar yrfa newyddiadurol gyda BBC Radio Wales yng Nghaerdydd. Mae'n briod â Luned ac mae ganddynt ddau o blant, ac i'w deulu mae'r diolch ei fod wedi dysgu Cymraeg.

Mae **Delyth Prys** yn Athro Emerita ym Mhrifysgol Bangor ac yn gyn-bennaeth yr Uned Technolegau Iaith yno. Yn wreiddiol o Langennech, mae wedi treulio'r rhan fwyaf o'i hoes yng ngogledd Cymru a bellach yn byw yn y Felinheli. Bu'n arloeswr safoni termau ar gyfer y Gymraeg ac mae'n awdur nifer o bapurau academaidd ym maes Terminoleg a Thechnolegau Iaith.

CYDNABYDDIAETH LLUNIAU

Dymuna'r cyhoeddwyr gydnabod yn ddiolchgar y cymorth a dderbyniwyd wrth chwilio am luniau a'r caniatâd i'w hatgynhyrchu gan y ffynonellau canlynol:

Aled Llywelyn: 160

Amgueddfa Cymru: 77, 90

atgof.co / Alamy: 54

Bridgeman Images: clawr

Casgliadau Arbennig ac Archifau Prifysgol Caerdydd (CC BY-SA 4.0): 110

Coleg yr Iesu, Rhydychen (CC BY 4.0): 51

Elin Jones: 123

Hawlfraint y Goron (2025) Cymru: 129

Plaid Cymru (Tri Penyberth): 126

Stiwdio Jon, Abergwaun (Tri Penyberth): 126

Trwy ganiatâd Cadeirlan Caerlwytgoed (CC BY-NC-SA 4.0): 23

Trwy ganiatâd Llyfrgell Genedlaethol Cymru: clawr, 37, 38, 56, 68, 74, 87, 95, 106, 113, 126

Y Ganolfan Dysgu Cymraeg Genedlaethol: 140, 145, 147

Y Goron biau'r hawlfraint i'r Delweddau ac fe'u hatgynhyrchir gyda chaniatâd Comisiwn Brenhinol Henebion Cymru (CBHC), o dan awdurdod dirprwyedig gan Geidwad y Cofnodion Cyhoeddus: 19, 21

Yr Eglwys yng Nghymru: 77